# Esperanza

## Alicia Lativia

Copyright © 2024 by Alicia Lativia

All rights reserved.

No portion of this book may be reproduced in any form without written permission from the publisher or author, except as permitted by U.S. copyright law.

# Contents

1. Prefacio — 1
2. Capítulo Uno — 3
3. Capítulo Dos — 7
4. Capítulo Tres — 12
5. Capítulo Cuatro — 18
6. Capítulo Cinco — 22
7. Capítulo Seis — 26
8. Capítulo Siete — 31
9. Capítulo Ocho — 36
10. Capítulo Nueve — 40
11. Capítulo Diez — 45
12. Capítulo Once — 48
13. Capítulo Doce — 53
14. Capítulo Trece — 57
15. Capítulo Catorce — 62

16. Capítulo Quince — 66
17. Capítulo Diesciséis — 72
18. Capítulo Diecisiete — 77
19. Capítulo Dieciocho — 82
20. Capítulo Diecinueve — 86
21. Capítulo Veinte — 91
22. Capítulo Veintiuno — 95
23. Capítulo Veintidós — 99
24. Capítulo Veintitrés — 102
25. Capítulo Veinticuatro — 109
26. Capítulo Veinticinco — 114
27. Capítulo Veintiséis — 122
28. Capítulo veintisiete — 127

# Prefacio

P refacio.

Dobló en la primera esquina y se adentró en la oscuridad. Luego de varios minutos corriendo se detuvo detrás de un árbol y observó hacia atrás, su cabellera castaña cayó sobre sus ojos pero aun así pudo vislumbrar la gran camioneta gris deteniéndose en la esquina.Se escondió tras el árbol y cuando volvió a comprobar, la camioneta dobló en su dirección hacia donde se encontraba. Respiró hondo y pegó su delgado cuerpo contra el árbol. Su corazón iba a mil por horas y los nervios agolpaban su cabeza. El miedo se reflejaba en cada uno de los bellos músculos de su rostro.Se deslizó con cautela alrededor del árbol y conteniendo la respiración siguió el recorrido opuesto al que la camioneta tomaba. Si la atrapaban estaba perdida. Un suspiro escapó de sus labios cuando vio como la camioneta gris se perdía en la oscuridad y, sin dudarlo salió de su escondite y corrió en dirección contraria. Su paso era ligero, demasiado rápido para tratarse de una joven poco familiarizada con el deporte, pero no lo suficiente para alguien que corría por su vida.Las luces aparecieron frente a su rostro y entrecerró los ojos al detenerse frente a la cabina en la que un joven la observó intrigado.- Hola - soltó agitada - ¿Qué tenes que salga ya? - preguntó al joven de ojos oscuros y bigote prominente. Este observó su computadora e inmediatamente respondió:- Está saliendo uno a Buenos Aires...- Bueno - interrumpió antes de que pudiera acabar -, dame uno de ida, por favor.Con movimientos rápidos pero precisos, sacó el dinero, lo dejó sobre el mostrador y volvió a guardar todo en su bolso. - Tuyo.- Gracias - respondió llevando el boleto a su boca para sostenerlo y se alejó de la cabina, camino a la zona de abordo.

--------------------------------

# Capítulo Uno

------------------------------------------------

Capítulo Uno.

Las luces de la autopista se alejaban de ella, y sus ojos contemplaban nostálgicos como dejaba aquel pueblo, en el que había crecido. Apartó la vista de la ventana, el asiento junto a ella estaba vacío, y observó hacia atrás. Un hombre dormía plácidamente en el asiento trasero. Luego dirigió la vista hacia otro hombre y sus ojos se encontraron. Desvió la mirada y se obligó a observar hacia afuera, ya estaba algo paranoica.Cuando el micro hizo su primera parada, para que subiesen más pasajeros. un escalofrío la recorrió, pero Julia era una joven lista, por lo cual supo que no tenía de que preocuparse, hacia horas que se había alejado de La Merced y no había forma de que alguien la hubiera seguido.Un joven de cabello castaño y ojos azules se detuvo en el pasillo. Sus largas manos llevaban una guitarra oculta tras un estuche color negro.- ¿Se puede? - habló a Julia con una sonrisa cuando descubrió que no podría guardar la guitarra sobre su cabeza. - Si - siseó quitando su mochila del asiento.- Gracias - respondió el joven y Julia aprovechó ese instante para observarlo. Llevaba una camisa color azul abierta sobre una camiseta de cuello redondo blanca, unos jeans azules colgaban de sus caderas realzando su esbelta figura. Era alto, ancho de hombros, estrecho de caderas y delgado. Llevaba el cabello medio corto y el color de su camisa resaltaba sus imponentes ojos azules. El joven sacó su móvil y Julia volvió a centrar la vista en la ruta, pero su atención no duró mucho, ya que este volvió a hablar.- ¿Está muy fuerte el volumen? - preguntó refiriéndose a los auriculares que llevaba conectados en su teléfono móvil.- No - respondió sin quitar la vista del frente.- ¿Vas para Buenos Aires? - No- Julia retorcía frenéticamente un mechón de su cabello -. Si - se corrigió finalmente mirándolo.- ¿Sí o no? - los ojos del joven la observaron divertidos -. ¿No estás segura? - No, si, si - interrumpió y desvió la mirada.- ¿Te sentís bien? - la observó confuso, el tono de la joven era extraño.- Perfectamente - soltó de repente y volteó a observarlo - ¿Por qué?- No por nada - masculló-. Yo también voy para Buenos Aires - una sonrisa asomó por sus labios y Julia se relajó. Él joven solo quería conversar, ella estaba algo alterada por los hechos del día-. Tomás - se presentó - ¿vos? Su labio inferior tembló.- Eh si, también voy para Buenos Aires. Sonrió, divertido. - No. Ya sé que vas para Buenos Aires, ¿cómo te llamas? - insistió -. Tomas me llamo yo ¿vos cómo te llamas?- Julia... -soltó y por un segundo se preguntó si habría hecho bien en presentarse - na - agregó. - Bueno, mucho gusto Julia... na- bromeó Tomas. Julia sonrió tímidamente y lo último que oyó fue la risita de Tomás antes de quedarse dormida.

Abrió sus ojos. Lo primero que vio fue algo color azul, lo cual captó su atención ya que en su casa no tenía sabanas de aquel tono, pero cuando observó hacia arriba notó que no estaba en su casa, que estaba en un micro y que, sobre lo que se había dormido, era el hombro de Tomas. Levanto su cabeza de manera automática y el joven que dormía a su lado abrió los ojos.- Uh - bufó mirándolo a los ojos - cualquiera, perdoname. - No, no pasa nada - sonrió Tomas -. No te preocupes, no pasa nada- Su tono era dulce, sincero y cordial - En serio, no te hagas tanto problema. Es entendible. Son muy incomodos estos asientos y el viaje es demasiado largo. Observó hacia arriba y la voz de Julia lo despojó de sus pensamientos. - ¿Sabes cuánto falta para llegar? - Y dos horas más, por lo menos. Julia suspiró, hizo un puchero y se acurrucó en su asiento, mirando hacia donde el joven se encontraba y allí, se quedó nuevamente dormida.

Cuando abrió los ojos, descubrió que Tomas ya no estaba a su lado. Levantó la cabeza y el hombre delante tampoco ocupaba su lugar, pero lo que más capto su atención era que todo el micro se encontraba vacío y que, ella era la única que seguía allí dentro. Se puso de pie, tomó su mochila y caminó hacia afuera, al bajar del micro se hizo a un lado para que un hombre pasara frente a ella y siguió caminando.- Por ahí detrás, fijate. Uno color verde - oyó una voz familiar y al voltear se encontró con el joven de ojos azules cargando un bolso - ¿no quiere que la acompañe a un taxi, señora? - preguntó entregando el bolso a una mujer mayor, de unos setenta años. Ella negro con la cabeza - ¿segura? - insistió el joven con una sonrisa y la mujer volvió a negar, agradecida -. Que este bien. Tomas sonrió encantado y llevó su mano derecha al cuello de su camisa, en la cual con cuidado se colocó una pequeña tira blanca: un cuello clerical.Sin poder evitarlo, Julia frunció sus cejas y él, al verla acercarse le ofreció una sonrisa. - ¿Más tranquila que llegamos? - preguntó.Ella sonrió y levantó sus cejas, extrañada. - ¿Estas bien? - ¿Qué onda? - soltó.- ¿Qué onda qué? - preguntó confuso.- Dale ¿Qué? ¿Te vas a una fiestita de disfraces? ¿A dónde te vas ahora? - se cruzó de brazos y él con una sonrisa tímida llevo la mano a su cuello.- No, te estás confundiendo. Soy sacerdote. Una carcajada escapó de la garganta de Julia y el rio con ella.- Dale - rogó entre risas. - Es en serio - Sonrió Tomas, pero su tono no detonaba una pizca de broma.- Ah, de verdad - La sonrisa abandonó el rostro de Julia y asintió con la cabeza, dos veces, aún sin poder creérselo. - ¿Tenés algo para bajar? - preguntó totalmente decidido a cambiar de conversación -. Te ayudo.- No, te... te... le...- balbuceó - acá -. Señaló su bolso, el cual llevaba colgado del hombro.- Bueno, entonces fue un placer conocerte.- Si, para mí también - sus cejas se levantaron unos milímetros.- Suerte - le tendió la mano.- Suerte para usted también - soltó decepcionada y estrecho su mano con afecto.- Que esté bien- Tomas se alejó y ella caminó en la misma dirección, varios pasos detrás y mucho más lento. La gran terminal de Buenos Aires era algo totalmente nuevo para ella. Las paredes eran grises y miles de lámparas colgaban a varios metros sobre su cabeza del techo de chapa blanca. A comparación de la terminal de La Merced ese lugar era inmenso y había gente por todas partes.- Permiso - pidió el joven al pasar detrás de una señora y cuando volteó se encontró con los ojos de Julia, a quien sonrió con un leve asentimiento de cabeza y continuó su camino. Ella acomodó su bolso, en su hombro y se dirigió en dirección contraía.

# Capítulo Dos

C apítulo Dos.

"Convento Santa Rosa"Se leía en letras mayúsculas sobre la gran reja de hierro. Eran refinadas y rebuscadas, la belleza de ellas se extendía a lo largo de toda la reja, la cual estaba amurada a unas pulcras paredes blancas. Tras ellas, una gran puerta de madera doble resaltaba sobre las paredes amarillas, no se trataba de un amarillo canario, ni mucho menos un amarillo limón, más bien parecía aquel amarillo formado cuando los niños mezclan en su tabla de colores dos toneladas de blanco con una pizca de amarillo. Un color muy claro, pero que gracias a esa pizca de color, resultaba cálido en vez de frío.Julia miró a ambos lados y se acercó vacilante, abrió la reja con manos temblorosas y tocó el timbre firmeza. Una. Dos. Tres. Cuatro veces. - Ya va - una voz provino del otro lado de la puerta y tras ella apareció una mujer con un hábito y un velo color azul sobre su cabeza. Una monja. - Hola, permiso - soltó ingresando - ¿Cómo está? Perdón - se disculpó -. ¿Todo bien? Vengo a buscar a... a Concepción. La monja, la observó de arriba abajo.- ¿Vos siempre tocás el timbre así? - la regañó.- No. Pasa que como nadie me atendía- el tono y lenguaje de la joven era muy juvenil, demasiado, quizá. Lo cual, no le agrado para nada a la mujer, quien debería tener unos cincuenta años, aunque, resultaba difícil saberlo con su cabello escondido tras el velo y aquella ropa que llevaba. - Es un convento. Estábamos por rezar. Es grande. Hay que tocar el timbre, esperar, - la reprendió -, esperar... esperar.- Bueno, bueno - la irrumpió Julia -. Ya estoy acá. Estoy buscando a Concepción - insistió.- ¿Concepción? - Si, la... la jefa de acá. - Aaah. No, acá a la "Jefa" le decimos "Madre superiora". - Bueno, a la Madre Superiora - respondió Julia ya harta - Estoy buscando a la Madre. - ¿De parte de qué? Julia suspiró y dirigió su vista al suelo. ¿Qué le diría? ¿Qué estaba escapando? ¿Qué la estaban persiguiendo? ¿Qué traía consigo una información que resultaba de vida o muerte? - ¿Te pasa algo? - consultó la mujer, preocupada por la expresión de la joven.- No, no - se rascó la cabeza, nerviosa - Emm... Dígale que soy la hija de una amiga. Ella me va a reconocer. Entonces, una puerta se abrió y otra monja apareció tras ella.- ¿Qué pasa, Clara tanto grito? - preguntó la mujer cerrando la puerta de madera tras de sí.- Madre, esta chica la está buscando.Concepción, una mujer mayor pero muy bien conservada la observó con sus ojos castaños. Al igual que Clara, llevaba un hábito azul profundo sobre una camisa blanca y un velo también azul. De su cuello, colgaba una cruz de madera y plata. Al verla, se quedó paralizada y de milagro, la taza de porcelana no cayó de sus dedos haciéndose pedazos. Finalmente, mostró una amplia sonrisa y se aproximó a Julia.- Hija, yo me encargo-pidió a Sor Clara -Adelante querida - estrechó uno de los brazos de la joven con su mano.- ¿Usted la conoce? - soltó la monja. - Decile a la Hermana Carmela que por favor me caliente esto - La Madre Superiora evadió su pregunta y le tendió la taza-. Que esta helado. - Pero, yo se lo traje caliente - reprochó. - ¿Qué sos ahora? ¿La abogada defensora? - Replicó y se alejó con Julia cerrando la puerta. Una vez dentro junto sus manos y se acercó a abrazarla. - Que hermosa y que grande que estás, chiquita mía. Que alegría - la estrechó entre sus brazos.≫ Pase - anunció al oír que llamaban a la puerta y la Hermana Clara apareció nuevamente.- Discúlpeme Madre, pero yo lo probé y está caliente - apuntó a la taza con uno de sus largos dedos y centró sus ojos en Julia.- Sí, sí. Pero decile que me lo caliente un poquito más, por favor. - Bueno -asintió la mujer evidentemente nada conforme con que la madre superiora no la permitiera formar parte. - Anda, anda. Cuando Clara hubo salido, Concepción abrió mucho sus ojos y observó a Julia. - ¿Qué te trae por acá? Contame.- No, - negó con la cabeza - yo primero le quiero pedir disculpas porque le caí así, como pelo de regalo...- comenzó, pero volteó la cabeza ya que llamaban a la puerta.- Pase - anunció y la Hermana Clara volvió a aparecer tras la puerta con la taza en su mano - Usted recuerda que en diez minutos ya comenzamos a rezar... - Si - respondió la Madre superiora mientras Clara se paraba frente a Julia- Sí. Ya voy - hizo un gesto con su mano para que se retirara -. Dios me va a entender. Anda. Anda. La Hermana Clara, disgustada salió de la habitación sin nada más que decir.- Que insistente, la monijta - soltó Julia Exasperada. - ¿Qué haces acá? - masculló Concepción -. Contame por favor.Julia negó con la cabeza. - Cuando se lo cuente no me va a poder creer.

Abrió la puerta y, al ingresar un abrazo reconfortante lo recibió.- Bienvenido, bienvenido - Soltó estampándole un beso. - Hola Juana - Tomás le correspondió el abrazo. - Oh, adelante - sonrió ella y Tomás caminó por su casa, en la cual hacía rato no aparecía-. Menos mal que era usted.- Uy casi rompo todo - sonrió al dejar su guitarra sobre uno de los sofás de cuero color azul cielo que había en la sala de estar. - No me agradan las visitas - Juana torció sus labios y Tomás sonrió ampliamente. - Me encanta, siempre la misma gruñona - dejó todas las cosas sobre el sofá justo cuando una joven rubia apareció en la habitación. Era una joven alta delgada, y muy bella. Llevaba puesta una remera amarilla y un pantalón marca, a simple vista podía verse que eran muy costosos.- ¿Tomás? - sonrió encantada.- Hola Eva - saludó.Ella le estampó un beso en la mejilla y se colgó de sus hombros, por lo cual Juana la observó con desaprobación. - ¿Cómo andas? ¿Todo bien? - Ay, - suspiró ella abrazándolo demasiado amigable -. Hola. Bien ¿y vos?- Bien, bien. - Le correspondió el abrazo - por suerte.Ella se alejó y lo observó llevándose una mano a los labios. - Eh - balbuceo -. Juana, anda ya te podes ir - ordenó.- Si señora, -asintió la mujer y se alejó de la sala. - Emm -comenzó ella pero Tomás la interrumpió.- Después nos vemos, Juana - se dirigió a la mujer y volvió a observar a Eva, quien se pasaba las manos por el cabello y retorcía sus dedos, nerviosa.- La verdad es que, una sorpresa, pensé que llegabas más tarde.- Si - asintió - terminé antes y vine. Le avisé a mi hermano por un mensaje de texto pero no me contestó - se encogió de hombros. - ¿A tu hermano le manaste un mensaje? - preguntó -. Si sabes que es un colgado, está a mil. Debe tener el teléfono tirado por cualquier parte - anunció con una sonrisa coqueta. - Si, ya sé. Ya sé.- ¿Cómo estás? - volvió a preguntar. - Bien, bien. Muy bien. Muy bien - anunció - cansado un poco, pero bien. Respondió mientras caminaba desde el Hall principal hasta la concina con la joven pisándole los talones.- Bien - balbuceó ella- ... - llevó su mano a su rostro - Eh, estoy un poco nerviosa... ¿Cuánto tiempo pasó desde la última vez que nos vimos? - preguntó revoleando sus manos.Tomás observó el suelo y cuando levantó la vista sus ojos se encontraron con los de ella. - Cuatro años que no vengo - anunció. - Bueno, me encanta verte acá de nuevo - Eva le tendió una mano y él tomó con aprecio.- A mí también me encanta verte.- ¡Que haces, atorrante! - una voz resonó en la habitación y Máximo, su hermano mayor apareció en la habitación.- ¡Eh, atorrante vos! - contraatacó su hermano y se acercó a abrazarlo. Máximo se parecía a su hermano menor, pero era más bajo, tenía ojos castaños y en su rostro y su barbilla, exhibía un fino bigote negro, al igual que su cabello. Sus parecidos comenzaban y acababan en los rasgos de su cara.El joven llevaba puesta una remera color verde y unos vaqueros carísimos. - ¿Cómo andas? - lo abrazó su hermano con afecto.- Te avisé. - ¿A dónde me avisaste? - Máximo observó extrañado.- Te mandé un texto.- Ah, no. No me llegó - Máximo tomó su campera y la echó sobre sus hombros - . Mi teléfono... ¿Dónde está mi teléfono?- Ahí está - anunció Eva señalando a una pequeña mesa cercana.- Ah, tenés razón - Máximo observó su móvil y dio la razón a Tomás - . No lo había visto.- No pasa nada - se encogió de hombros restándole importancia. - Bueno, - Máximo quitó la vista de su móvil - ¿desayunaste? - preguntó con una sonrisa. - No. Baje del micro, me tomé el bondi y me vine. - ¿Bondi? - soltaron Máximo y Eva al unísono sorprendidos porque se hubiese tomado el transporte público. - Bueno, chicos - se encogió de hombros - tampoco les dije "me tomé un plato volador".- No, pero bueno parecido. Te hubieras llamado un Taxi, un...- Me gusta tomar el colectivo.- Está bien, bueno - suspiró su hermano - , cada uno.- Si - irrumpió Eva - , cada uno... Eh, yo me voy a ocupar del desayuno - anunció - . Le voy a pedir a Juana que nos prepare un desayuno para los tres. » Mate cocido, como siempre ¿no? - se apoyó en el hombro de Tomás quien asintió aunque, sus palabras no sonaron como una pregunta, si no, como un hecho - ¿Con leche? - Dale, sí. - ¿Hay mate cocido? - la observó Máximo.- Sino, tomo mate con Juana.- No, bueno... Yo me encargo - volteó- . Pónganse al día y por favor les pido, no empecemos discutiendo, ¿sí? - No, ¿cómo discutiendo? ¿Cómo voy a discutir con...? - Máximo señaló a su hermano y se llevó la mano al cuello.- Ah bueno, ¿te molesta? ¿No se puede? - sonrió Tomás, quitándose el cuello clerical - . Me lo saco. - No, no te lo saques- exclamó fingiendo estar horrorizado.- No, me lo saco - respondió con una sonrisa.

# Capítulo Tres

Capítulo Tres.

- ¡Pero por favor! ¡Dios mío! ¿Quién te va a querer matar a vos, querida? - exclamó Concepción tomando las manos de Julia. Se encontraban ambas, sentadas en su despacho, delante de su escritorio.

- No sé. Claramente no lo conozco, pero son personas pesadas - anunció Julia observando a su alrededor. La habitación era grande, color amarilla, el mismo tono que las paredes de la entrada, todos los muebles en ella eran de madera al igual que los cuadros con imágenes de Santos o con oraciones.

Detrás de la silla en la que solía sentarse Concepción había un ventanal que daba a un precioso jardín, increíblemente cuidado.

- Estaban apurando al abogado, que ahora le explico quién es y yo los vi - Julia revoleaba sus manos al explicar, estaba evidentemente nerviosa -. Ellos me vieron y ahí se pudrió todo.

- Bueno, habla bien. Habla bien. Tranquilizate y explicame.

- Perdón - se disculpó frunciendo sus labios -. Estoy un poco nerviosa.

Tomó aire y comenzó.

- Desconozco si usted sabía, pero mi mamá siempre sospechó que su enfermedad tenía que ver con el trabajo en la fábrica.

- No, yo no lo sabía eso, por favor. Yo lo que sabía era que tu mamá estaba muy enferma. Que después se puso muy grave, pobrecita y pasó lo que pasó.

Los labios de Julia se curvaron hacia abajo y una mueca de disgusto apareció en su rostro, al recordar a su madre.

- Nosotras éramos tan amigas, cuando éramos chicas - recordó la Madre Superiora con una pequeña sonrisa -. Yo la quería tanto a tu madre.

- Si, lo sé - Julia recobró la postura y volvió a hablar -. Bueno, por eso vine acá. La verdad, no tenía dónde ir.

Al acabar la frase, miró hacia abajo, e introdujo las manos en su bolso, en busca de algo.

- Antes de morir, ella me dio esto - puso frente a los ojos de Concepción un DVD, -. Es un video que grabó en la planta - explicó - mi madre me pidió que lo guardara muy bien, ya que si a ella le ocurría algo, acá estaban las pruebas de que la fábrica contaminaba.≫ Me rogó que me dirigiera a la policía o al abogado.

Se detuvo un instante, ya que recordar la conversación con su madre la caló hasta los huesos.

- Mamá murió, dos semanas después - continuó.

- ¿Y vos que hiciste?

- Me enteré que... - balbuceó - que un abogado estaba investigando para demandar a la empresa. No le dije nada del video, no confiaba en nadie. ≫ Pero después lo conocí y me pareció decente... - se interrumpió - ¡Ay que bronca!, yo anoche le estaba llevando todo. Cuando llegue a la casa oí gritos, al acercarme, vi que unos hombres estaban golpeando al abogado, reclamándole por un video del cual él no sabía nada.

≫ Quisiera poder contar que no me descubrieron, pero no fue así.

- Dios mío, chiquita - Concepción tomó su mano -. No tenés que tener miedo. Yo te voy a ayudar -. Se puso de pie y camino tras el escritorio -. Ahora vamos a hacer la denuncia a la policía.

- No - la detuvo Julia - .No, no, no por favor- rogó -. Esta gente es pesada de verdad. Compran abogados, jueces, de todo-. Concepción se sentó del otro lado del escritorio y la oyó atentamente-. Yo tengo este video y me están persiguiendo. No tengo a donde ir, de verdad.

- No te puedo decir que te quedes acá porque esto es un convento - explicó -. Solamente pueden estar las que son hermanas.

- Lo sé, pero no tengo donde ir - rogó-. Tengo miedo de salir y que me encuentren.

Tomás daba vueltas a una musculosa color blanca. En su espalda desnuda podían verse dos tatuajes: uno sobre su omóplato derecho y el otro en la parte baja de su espalda, a unos centímetros sobre su cadera, de donde colgaban los pantalones de jean. Antes de acabar de pasarla por su cabeza la puerta de su habitación se abrió y Eva ingreso sin pedir permiso.

- Eva golpeá, por favor.

- Perdón. Disculpame, no sabía que estabas... - siseó -. Me quería ocupar de traerte las sabanas, todo. Pensé que venías más tarde, y no llegué - explicó dejando las sabanas sobre la cama del joven y tirando perfume sobre ellas.

- Esta bien, muchas gracias. Igual no hacía falta...

- Ahí está, todo.

La joven acabó con las sabanas y centro la mirada en él.

- ¿Por qué me miras así? - preguntó, ella hizo un gesto, desentendida -. Me miras así. Me pones incómodo - explicó.

- Te vi miles de veces así.

- Está bien, pero...

- Bueno - interrumpió - ¿Qué te pasa? ¿Se te borró la memoria, vos te olvidaste...?

- No, no - irrumpió ya que no le apetecía que se lo recordase siempre que pudiese-. ¿Máximo?

Eva sonrió, evidentemente disconforme por cambiar de tema.

- Máximo está en la empresa - se sentó en la cama y prosiguió -. Últimamente tu hermano de lo único que se encarga es de negocios - levantó una mano, como si todo ello la exasperara-. En cualquier momento lo dejo... No, no lo voy a dejar, pero me descuida. Me... ¿Qué te voy a decir a vos si lo conoces hace mil años?

- Sabes que tengo ganas de darme una vuelta por la empresa... - anunció-. Para eso me tengo que cambiar, y para cambiarme tendría que estar solo, y para estar solo...

- Me tenés que echar - lo observó retorciendo un mechón de su cabello.

- No - negó - No te tengo que echar. Vos tenés que salir, ¿te parece? - sonrió.

- Si, dale - asintió de mala gana y se puso de pie.

- Dale, gracias por las sabanas - Sonrió Tomás mientras ella se retiraba del cuarto -. Gracias Eva.

Abrió la puerta del despacho de la Madre Superiora. Una vez dentro, cambió de lugar algunas cosas y se sentó tras el escritorio, justo cuando la Hermana Beatriz abría la puerta. Al verla dentro, ahogó un grito.

- ¿Qué haces acá? ¡Genoveva! Te estaba buscando pero no me imaginé que estarías acá. ¿Qué haces sentada en la silla de la Madre Superiora?

- Practico - respondió la mujer sin inmutarse.

Sor Genoveva era una mujer astuta de carácter fuerte. Con sus muchos años vividos y sus penetrantes ojos azules, era una mujer robusta de tamaño prominente y decisiones muy claras.

- ¿Para qué abdicas?

- Abdico no. Practico - resaltó la palabra -. Practico. No me mires así. En poco tiempo, este va a ser mi lugar.

- Todavía no se ha dicho nada.

- Lo he dicho yo y lo ha dicho dios -decretó.

La Hermana Beatriz se encogió de hombros.

- Yo no escuche nada.

- Claro, no escuchaste nada porque sos sorda.

Beatriz la observó exasperada, no le agradaba que se metieran con su pasado. Caminó hacia la puerta y la cerró con un golpe.

- Tranquila. Tranquila no hay nadie.

- Como te gusta - incriminó -. Como te gusta mortificarme con eso.

- Si - sonrió - me encanta. Sí, me gusta. ¿Sabes por qué me gusta? Porque sos tan tonta y tan coqueta que todo el mundo cree que vos escuchas y todo el mundo sabe que sos sorda.

- Nadie sabe - remarcó cada palabra con énfasis-. Si vos fueras un poquito menos mala. Si fueras menos engreída y pensaras menos en vos, te darías cuenta que hay golpes y heridas de la vida que son muy difíciles de llevar- anunció señalando su oreja izquierda -. Son muy difíciles de asumir. Son muy hondas...

- Es complejo. Es complejo. - la interrumpió -. No empecés. No empecés - la reprendió-. Te estas yendo eh... ¡volvé!

De repente, Sor Beatriz volvió la vista hacia ella.

- ¿Dónde estábamos?

- ¿Viste? - Preguntó - .Yo sabía que te habías ido. Te estaba diciendo, que gracias a dios, a los ángeles y a los arcángeles, a mi voluntad, a mi inocencia, a mi pureza, este va a ser mi lugar, porque está destinado para mí, desde el día en que nací.

- Hablame más fuerte porque no entiendo nada - masculló Beatriz en el mismo tono en que Genoveva había hablado - ¡Habla fuerte! ¿Querés?

# Capítulo Cuatro

Capítulo Cuatro.

Concepción abrió un ropero y sacó un hábito de novicia.- ¡Noo! - Exclamó Julia al verlo - No. No me voy a poner eso. -Levanto sus brazos en señal de derrota -. Bueno, hicimos el intento. ¿Qué va a hacer? Muchas gracias - agradeció mientras se inclinaba para recoger sus cosas -. Gracias por todo Concepción.- Para, para - la detuvo tomando su mano -, ¿A vos te están buscando? - preguntó.- Sí.- ¿Vos querés pasar desapercibida? - Sí.- Este es el lugar ideal. Acá, con esta ropita, no te encuentra nadie. - Eeh - vaciló -. Sí, pero yo no puedo hacer esto. No me puedo hacer pasar por monja. No sé nada de ser monja. No tengo idea-. Explicó -. No estoy bautizada, no tengo la foto así de la comunión - junto sus dos manos fingiendo que rezaba una plegaria- y no tengo nada con la iglesia. No me va a salir. Es una locura.- Sé que es una locura - concordó -. Pero yo te tengo que proteger.Julia suspiró.- Ponételo.- No - negó la joven-. Hagamos otra cosa, ¿Cuál es su cuarto? Me meto en el ropero - le guiño un ojo - unos días. No voy a hacer ruido, no le pido de comer, si me estoy haciendo me aguanto. No pasa nada - se encogió de hombros. - ¿Vos me viniste a pedir ayuda a mí, no? - Sí. - Yo te la estoy dando - ladeó la cabeza con una sonrisa y de repente su sonrisa de pareció -. Ahora te ordeno que te pongas esto - le tendió el hábito.

Las Hermanas ensayaban en el patio cuando Sor Nieves desafinó destacablemente. Su coro, más que un coro de ángeles parecía un coro de perros aullando.- Ay hermana, - suspiró Sor Suplicio, la directora del coro del convento. - No hermana, no puedo, discúlpeme. Me pone muy mal esto.- Una con pánico escénico y la otra sorda, estamos en el horno -. Soltó sarcásticamente la Hermana Genoveva a Sor Beatriz. - Perdoname, sorda no soy. Te escuché perfectamente - contraatacó Beatriz.- Porque te hable al oído que escuchas. - Este es el malo - Beatriz apuntó a su oído izquierdo y luego, al derecho - este es el bueno, ya lo sabes y con este me alcanza y me sobra. - Hermanas, vamos a seguir con el ensayo - anunció Sor Suplicio cuando Concepción apareció en el patio.- Disculpen la interrupción hermanas - sonrió abriendo sus brazos-. Pero, eh... ¿La hermana Clara está? - Preguntó - Llámenla - ordenó. ≫ Tengo que hacerles una presentación. Esta mañana llegó una novicia de viaje y que se va a quedar con nosotras un tiempo largo. Adelante por favor - volteó hacia Julia, quien ingreso con su mejor cara de póker. Las ocho hermanas la observaron. Algunas encantadas, otra extrañadas o desinteresadas. Algunas asintieron con la cabeza y otras, como Sor Genoveva, hicieron una mueca de disgusto.- Bienvenida - saludó Sor Suplicio con una sonrisa. - Discúlpeme, madre - fue Genoveva quien habló -. En realidad, nosotras no estábamos enteradas que venía una novicia.Concepción sonrió.- Hace dos meses que se lo dije, hermana - Julia la observó sorprendida, hasta donde ella sabía, las monjas no mentían. - Yo no me acuerdo.- Hermana, por favor - irrumpió Suplicio -. No está desconfiando de la palabra de la Madre Superiora. - Y usted, increpando a la Madre Genoveva- la desafió Beatriz.- No, para nada - Concepción volvió a tomar la palabra-. Se olvidó. Bueno - observó a Julia -, ella es...- Esperanza - respondió la Joven Esperanza acudiendo a su segundo nombre de improvisto, para no revelar su identidad-. Hermana Esperanza. Concepción rio. - Hermana Esperanza - anunció y varias hermanas se unieron a sus carcajadas-. Todavía no - la observó.- Novicia - se corrigió.- ¡No entiendo por qué para entregarme un sobre me tenes que mirar las gomas! - irrumpió una joven de cabello medio anaranjado en la sala, observándose los pechos, de mal humor. Tendría unos dieseis años. Llevaba una remera con la cual se le veía el ombligo color verde militar y unos pantalones color negro. Era muy bonita. - ¡Bueno! Se oyó entre las hermanas - ¡vocabulario!- ¿Qué pasa Lola? - la observó Concepción tendiéndole su mano para tomar el sobre. - No sé. Me miró las gomas el desubicado. Que me importa que sea importante - hizo un gesto menospreciando el sobre con su mano. - Lola - habló Clara por primera vez - Esperanza, la nueva novicia. Lola nos ayuda con las tareas del convento. - Si, con todo - sonrió.- Hola - la saludó Esperanza observándola. La joven llevaba el cabello recogido en dos moñitos y un collar negro pegado a su cuello. - ¿Qué onda? - ¿Todo bien?- ¿Qué pasa madre? - preguntó Clara al ver que Concepción leí el contenido del sobre con los anteojos sobre el puente de la nariz. - Que injusticia - suspiró.- Madre, ¿Qué ocurre?- ¡Que injusticia! - apretó el puño -. Vamos, chicas - su cara se transformó en una mueca de preocupación y se quitó los anteojos. El patio estalló en gritos.- Vamos. Esto es muy importante. Fue todo lo que dijo y caminó dentro del convento, donde las hermanas la siguieron conmocionadas. - ¡Suerte!- exclamó Esperanza quedándose parada y Clara volvió en su búsqueda.- Vamos todas - la regañó remarcando la palabra todas y tiró de su brazo.

Dentro de la oficina de Máximo, Tomás tomaba una taza de café. - Igual pasaron muchos años - hablaba Máximo gestualizando con sus manos -. Pasaron muchas cosas. Así que te vas a encontrar con algunos cambios, ¿sabes? - anunciaba a su hermano, quien observaba algunos papeles de pie frente a una cómoda. Este lo observó.- ¿Por qué te atajas?- No. No me atajo, pero estoy seguro de que no vas a estar del todo de acuerdo en algunas decisiones que tomé - advirtió.- Bueno - asintió. - Aunque, si las tomé fue por algo, porque me pareció que había que hacerlo - Prosiguió- A ver, papá ya no está, hace tiempo que ya no está y yo tuve que hacerme cargo de todo. Como sabias que iba a pasar. - ¿Me estás pasando factura? - le preguntó su hermano, sentándose en la silla frente a él. - No, pero te conozco.- ¿Qué decisiones, por ejemplo? Contame. - Recorte de gastos - respondió automáticamente Máximo-. Con el tema del cierre temporal de la planta de La Merced vamos a perder muchísimo dinero...- Bueno - Tomás se encogió de hombros - Se va a solucionar eso, tené fe.- Tuve que quitarle el apoyo económico al "Convento Santa Rosa".Tomás cerro sus ojos un momento. - ¿Ah, esa es tu forma de recortar gastos? ¿Quitarles el apoyo a las monjas? - inquirió.- Si - respondió sin inmutarse. - Me parece una injusticia.- Si - Máximo asintió con su cabeza -. No me sorprende, sabía que ibas a reaccionar así. Lo sabía.- ¿Por qué lo hiciste entonces? - soltó.- ¡Porque tengo recortar gastos!- Los recortas de otro lado. - ¿Sabes lo que la planta parada provoca? - Desafió Máximo a su hermano - ¿Cuánto dinero pierde?En ese momento, Eva apareció tras la puerta. - Perdón que interrumpa pero, basta de charla de negocios. Es hora de comer y reservé una mesa en tu restaurant favorito - se llevó una mano al pecho y observó a Máximo -. Dale, amor. Dale. - Bueno, vamos a seguir con esto...- Con la panza llena - completó Máximo poniéndose de pie -. Vamos. Cuando Eva salió por la puerta, Tomás de mala gana, se puso de pie.

# Capítulo Cinco

Capítulo Cinco.

Concepción salió del convento con todas las hermanas tras de sí. - Dios mío. ¿Por qué nos pasan estas cosas a nosotras? ¡Por favor! - exclamó -. Hay que ser malo, pero bien malo. Al llegar a la puerta del convento, Esperanza observó hacia atrás.- ¿Qué pasa? - la observó Clara.- ¿Sabe qué? - volteó hacia la puerta -. Yo me quedo acá y les cuido el lugar. Vayan tranquilas. No sé cuál es el problema... - No, pero dijo todas - insistió tomando su brazo. - No, chicas. Me quedo, les preparo unas empanadas, un puchero, algo de eso - observo hacia la combi Volkswagen roja y blanca en la que estaban subiendo las hermanas-. ¿Qué quieren comer? - exclamó con una sonrisa abriendo sus brazos. - ¿Cómo "que quieren comer"? - regañó Sor Genoveva. Concepción la fusiló con la mirada. - ¡Nada quieren comer! - exclamó Clara tirando del brazo de la joven -. ¡Vamos! Más son multitud.- No, no. No puedo.- ¡Esperanza! ¡Clara! - Gritó la Madre Superiora, quien estaba perdiendo la paciencia -. ¡Vamos! Al oírla gritar, la sangre abandono el rostro de Esperanza y entró a la camioneta, sin rechistar. - ¿Estamos todas?- preguntó la Madre Superiora subiendo al asiento del acompañante, a su lado iban Beatriz y Sor Genoveva, al volante. - ¡Si madre! - exclamaron al unísono todas las hermanas detrás. - Perdón, ¿yo me podría quedar? - soltó

Esperanza observando a Concepción. Su mirada era una súplica. - ¡Cállese la boca usted! Arranque hermana - ordenó Concepción y Esperanza tomó asiento en su lugar.

Tomás salió de la oficina de su hermano y luego de agarrar su bolso, se encontró con Máximo y su cuñada, quienes lo esperaban frente al ascensor. A algunos metros del escritorio de Corina, la secretaria. - ¿Hace cuánto que no te comes un regio Sushi?- Mucho - respondió a la pregunta de su hermano-. Muchísimos años. La verdad, ya no es lo mío, no sé por qué insistís. - Eras fanático - volteó hacia las puertas del ascensor-. Desayunabas eso.Le recordó.- Por acá, Señoritas - se oyó a una mujer que se acercaba la sala -. Estoy buscando al Señor Máximo Ortiz...Eso fue todo lo que Tomás oyó antes de que se cerraran las puertas.

Un antiguo Caserón blanco con tejas rojas refaccionado apareció frente a sus ojos. Definitivamente, Máximo tenía un espléndido gusto para elegir restaurantes. El lugar era elegante, demasiado, comparado con lo que Tomás había frecuentado los últimos años. La gente que atendía y concurría allí era de importantes ingresos y todo el restaurante le recordaba que, con una comida allí podría, alimentar durante todo un mes a una familia que lo necesitase. - Gracias- observó a la joven de cabello recogido que le entrego el menú observándolo con demasiado interés, el cual ignoro-. La verdad, no estoy nada de acuerdo con lo que vas a hacer - retomó su discusión de hoy -. En esa iglesia se casaron mamá y papá. Sabes lo que significa Santa Rosa para la familia - le recordó. - Si, lo sé- Concordó su hermano -. También sé que no es bueno ponerse melancólicos y empezar con estas cosas. Estamos hablando de negocios - revoleó sus ojos, evidentemente disconforme con las prioridades de su hermano -. ¿Te sacaste el cosito? - hizo un gesto a sobre su cuello con una de sus manos.- El pasa cuellos - corrigió. - Me mata tu humildad - irrumpió Eva -. Ya sé, te da vergüenza que vean un cura comiendo Sushi ¿no? - Me da mucha vergüenza los precios - soltó. - Pero si te invitamos nosotros, che - sonrió Máximo. - Bueno, un lujo.

Una vez. No pasa nada - Eva se encogió de hombros. Tomás asintió justo cuando Máximo chequeaba su móvil, que estaba sonando. - Amor - pidió Eva - ¿podes no atender que estamos en la mesa, por favor?- Es de la oficina, - dijo disculpándose y contestó-. Corina, ¿qué paso? Tomás desvió la vista hacia la ventana. - ¿Las monjas, ahí? - preguntó y Tomás volvió a prestar atención a su hermano. - Todas- soltó la secretaria-. Máximo, tengo el convento entero en la recepción-. La joven observó a las hermanas mientras oía la respuesta-. No. Hace veinte minutos que están acá. Te quieren ver a vos.- Pero deciles que no estoy. Que no voy a volver - se encogió de hombros y Tomás lo fusiló con la mirada. - Imaginate- el tono de Corina se volvió glacial -: Monjas sacadas. No se van a ir. - Deciles que no pierdan el tiempo - sonaba exasperado -. Que se vayan por que no voy a volver. Que llamen mañana a ver si tengo algún hueco en la agenda y si las puedo atender - Corina asintió poniendo sus ojos en blanco-. Dale, un beso. Su hermano lo observaba, expectante. - Era obvio - Eva se acomodó el cabello -. Le llegó la notificación y se enardecieron ¿no?- Sí.- ¿Les mandaste una carta? ¿No fuiste capaz de dar la cara? - Tomás lo observó indignado.- Mande un documento, certificado - se atajó-. ¿Qué pasa?

Una decena de mojas paradas frente a su escritorio, y Corina estaba perdiendo la paciencia.- La verdad es que él no va a volver hoy, así que busquemos otra solución...- ¿Dónde está? - irrumpió Concepción.- No se lo puedo decir, madre.- No. Me lo vas a decir. Me vas a tener que decir - bramó.- Madre, Por favor. Y la sala se llenó de voces. - ¿Dónde está? - Perdón, perdón. Permiso, - Esperanza pasó al frente-. Chicas, perdón que me meta, yo soy recién llegada, pero - se inclinó en el escritorio de la secretaria - no es "no podes" - la observó-. Es que no querés, corazón. - Tranquila.- No, tranquila no. Porque, sos cómplice si te afecta - insistió Esperanza.- No - Corina tragó saliva.- ¿Ah, no? ¿No sos cómplice? - Esperanza tiene razón, - concordó Clara -. Si usted es la secretaria, debe saber dónde está. - Si pero no nos quiere decir - interrumpió Suplicio -. Vámonos. Esperanza soltó una carcajada. - ¿Cómo nos vamos a ir? - Soltó y con su mano, golpeó algunas cosas sobre el escritorio -, Corremelo -pidió y Corina hizo a un lado un portalápices- ¿Dónde está? Queremos hablar con él para aclarar. -Tranquilas. Me dijo que ni bien tiene un minuto las va a recibir, por favor.

La joven moza sirvió las copas y cuando volvió a observar a Tomás, este lamento no tener puesto su pasa cuellos. Eva alzó su copa.- Bueno, voy a proponer un brindis por el reencuentro...El móvil de Máximo volvió a sonar. - Para, ¿me das un minuto? - irrumpió poniéndose de pie.- Ey vení - Eva estiró un brazo, deteniéndolo -. ¿Por qué no atendés acá adelante mío? ¿Cuál es el problema?- Es el abogado - se atajó Máximo -. Tengo que atender. No seas controladora ¿dale? - Se acercó y estampó un beso en los labios de su novia-. Ahí vengo.Se alejó dejando a Eva quejándose sola.- Esta mal lo que está haciendo - la joven observó a Tomás -. Eva, no podes apoyar una cosa así. - Tranquilo. Las mojas van a sobrevivir sin nuestra ayuda. Todo bien, Tomi - puso los ojos en blanco -, no están en el medio de África enfermas de ébola - soltó una risita ante su propio comentario.

Varios metros más allá de la mesa Máximo debatía con su abogado. -¿Cómo que se escapó? - Desapareció, - respondió. Se trataba de un hombre grande con anteojos de gruesos marcos, cabello oscuro, muy corto, a pesar de que le quedaba muy poco porque la calvicie ya le había atacado y una refinada barba a dos colores totalmente pasada de moda-. La perdimos. La chica no es ninguna tonta, jefe. - Me importa un carajo - soltó -. Es una pendeja. Encontrala. Anda a buscarla.Tomás observaba exasperado a Eva por el comentario que acababa de hacer, pero se limitaba a observarla y no acotar nada. Tanto su hermano como ella jamás compartirían sus opiniones. La modestia no era lo de ellos.

# Capítulo Seis

Capítulo Seis.

Daba vueltas a su servilleta cuando un batallón de hábitos azules inundó el restaurante.- Ah, no, no - soltó Eva al ver a Concepción a la cabeza de todas las monjas que se dirigían a su mesa.- Bueno, "Si Mahoma no va a la montaña, la montaña debe ir a Mahoma" - citó la Madre superiora deteniéndose frente a la mesa. Esperanza se ubicó tras ella, y sus ojos se abrieron como platos: Sentado junto al joven de cabello oscuro y barba, al cual llamaban "Máximo Ortiz" y una rubia despampanante, se encontraba Tomás, el sacerdote al que había conocido anoche, durante su viaje a Buenos Aires. Sin pensárselo, escondió la cabeza detrás de la espalada de la madre superiora.- Madre- respondió la rubia - por favor se lo pido, estamos empezando a comer. - Usted cállese la boca - la ignoró Concepción - porque el tema es con su novio y el convento. - Bueno, a ver - Máximo tomo las riendas de la conversación -, no es un buen momento, en serio. Estamos en público. ¿Qué les parece si hacemos una cita para mañana y nos encontramos en otro lugar? - ¿Me permite hermana? Soy Tomás Ortiz, hermano de Máximo - se puso de pie -. Quería decirle...- Si, perdóneme - lo interrumpió -, pero no le voy a permitir nada. Tomás no acotó y volvió a sentarse. - Voy a hablar yo - anunció -. Esta es una carta que escribió su papá - Tomás observaba a la hermana con atención -. Un subsidio donde él se compromete a ayudarnos durante toda la vida. De pronto, esto se corta, sin ninguna justificación, sin ninguna razón. Se corta la ayuda. La ayuda para el convento, para la comunidad. Eva levantó un dedo. - No, discúlpeme hermana, pero me parece que usted está cometiendo un error - Máximo asintió con la cabeza.- Acá el error lo están cometiendo ustedes - la interrumpió Clara -. Un error y una injusticia. Si en 24 horas el convento no recibe una notificación donde se retracten la Madre Superiora va a tener que acudir al Arzobispado, a Dios y a María Santísima. - ¡Esa! - exclamó Esperanza quien seguía escondida tras Concepción. Al oírla, todas las miradas se fijaron en ella, incluso la de Tomás, quien la reconoció instantáneamente -. Perdón - se disculpó a todas las miradas perplejas. Tomás observó un segundo a la joven que había conocido en el miro y se había presentado como Juliana, pero las palabras de Genoveva lo distrajeron.- Escúcheme Madre, no puede permitir que la hermana Clara se exprese de esa manera - se encogió de hombros. - Madre - Concepción observó a Tomás -, no se preocupe. Me voy a ocupar personalmente de tema. Ahora vuelvan tranquilas a sus actividades- sonrió -, que vamos a reconsiderar la quita de la ayuda. - ¿Reconsiderar? - irrumpió su hermano -. Vos vas a reconsiderar. - Soy tan parte de esta empresa como vos - lo cortó sin nada más que decir. - Bueno, - Concepción juntó sus manos - que Dios los ayude... A reconsiderar pronto. Nosotras vamos a esperar - se despidió -. Vamos hermanas.- Adiós - saludó el padre. - Buenos días - Las hermanas voltearon dirigiéndose tras Concepción, y al hacerlo, Tomás puso observar a Esperanza quién le hizo un gesto con su mano en señal de saludo, aun perpleja por todo lo ocurrido.- Hola otra vez - susurró al verla alejarse con una sonrisa.- Muy bien lo tuyo, eh - Máximo lo despojó de sus pensamientos-. Muy bien, la verdad. - Gracias.

Esperanza guardaba ropa dentro de su placar, mientras Sor Clara tendía la cama contigua a la suya. - ¿Estás bien? - Si, si - asintió -. Un poquitito nerviosa, nada más.- Es lógico - sonrió -. Son muchos cambios.- Sí. Otra ciudad. Otro mundo - Esperanza se encogió de hombros mientras cerraba la puerta del placar. - Alejarse de la familia. Es difícil. ¿Tu familia es grande? - preguntó Clara mientras acomodaba algunos almohadones. - No. Mi mamá murió hace unos meses, y soy hija única, así que... - ¿Y tú papá? - No tengo, nunca tuve. Mi mamá me adoptó y me crió sola.- Aah, discúlpame ¿Te molesta que hable de esto? - No, no. Para nada - Esperanza puso una de sus manos sobre el hombro de Sor Clara-. Depende quién me pregunte - La reconfortó -, de usted no me molesta. - Y tu mama biológica...- No sé nada de ella-. Frunció sus labios - No es mi mamá. - No, bueno - asintió Clara -. No quise...- Una persona que abandona un hijo - vaciló - no es una madre. No es nada. Nunca voy a perdonar lo que me hizo. - Sí, - observó el suelo -. Como dijiste que no conocías la historia, a lo mejor ella tuvo un problema...- No - la interrumpió - no hay excusa que valga - hizo una mueca -. Discúlpeme, hermana pero para mí no hay excusa que valga. No la quiero conocer, no quiero saber nada de ella. Para mi... no existe. Clara mostró una sonrisa, la cual iba cargada de pena y recuerdos.- Lo importante es que estas acá- Esperanza asintió -. Todas llegamos con nuestras mochilas y nuestras cargas. - ¿Usted por qué esta acá? - soltó prepotente y por un segundo se preguntó si habría hecho bien en hablar.Clara bajó la vista al suelo. - Por un error. Yo era muy joven, no tenía contención. Mi familia no me apoyaba. Así que, la Madre Superiora me atajó, me dio cariño, me contuvo y me quedé - sus ojos se colmaron de lágrimas al recordarlo. - Ay, perdón. Se puso triste - se disculpó al notarlo.- No, - se encogió de hombros -, me pone triste pensar la chica que fui, pero soy feliz acá -. Al oírla Esperanza pensó que sonaba como si estuviese intentado convencerse a sí misma de sus palabras, pero ese pensamiento se esfumó al instante. - ¿Cuál fue ese error? - inquirió -. Si se puede saber, no la quiero incomodar. - Que... - vaciló - me parece que no es el momento-. Sacudió la cabeza- Ahora vos tenés que pensar en el fututo. En tú futuro. - Si - suspiró. - Mirá, -la observó - te quiero decir algo. Dale tiempo al noviciado, y si no es tu camino, tomas otro rumbo - la aconsejó, como si fuera una hija.

Daba vueltas a unos papeles, cuando su hermano abrió la puerta de su oficina. No estaba para más bromas. - ¿Qué necesitas? Estoy muy ocupado - ladró.- Estuve revisando el expediente de las monjas - anunció arrojando una carpeta color carmesí sobre el escritorio -. La disponibilidad que tenemos en la empresa para ayuda - hizo una mueca dejando claro que era más que excesiva -. Dinero hay. - A ver... - Máximo cerro el libro que tenía enfrente - ¿Por qué te preocupan tanto estas monjas? - se acomodó en su silla, dispuesto a escuchar. - Dale, loco-. Soltó - Escuhame una cosa: Tienen un colegio maravilloso, ayudan los fines de semana en barrios carenciados, tiene un coro que generan ingresos y con ellos ayudan a hospitales públic os...- Bueno, se sustentan bastante bien - abrió sus brazos -. Hay gente que necesita mucho más - Se puso de pie y caminó hasta la puerta. Tomás volteó hacia él.- Hay algo que no me estas queriendo contar - acusó. Máximo lo encaró. - ¿Vos me cuestionas a mí, de verdad? Vos te la pasas con tu vocación y tu guitarra por todo el país y yo me quedo acá trabajando para todos ¿de verdad?- Te llevas mucha más plata.- Y si - puso los ojos en blanco. - Y está bien. - Por supuesto que está bien. - Pero la empresa también es mía - anunció-. No le vas a sacar la ayuda a las monjas. - ¿Sabes una cosa? - se aproximó -. Ahora tengo mucha más ganas de sacarle la ayuda a las monjas. - Vamos a ver si lo logras.

Esperanza recorría el convento con Sor Clara, quien estaba mostrándole todo.- Acá se hacen los recreos del colegio - anunció saliendo a un patio en el que se realizaban los recreos del colegio secundario del Convento Santa Rosa-. También ensayamos con el coro de monjas.- ¿Tienen un coro? - se sorprendió -. Que buena onda. - Me voy rajando que ya terminé - apareció la joven la que Concepción había llamado Lola. - Bueno - asintió Clara.Lola observó a Esperanza. - Me enteré que vos copaste la parada en la empresa - Clara abrió mucho sus ojos debido al lenguaje utilizado por la joven, a pesar de que Lola siempre andaba por allí, su vocabulario no era algo muy apreciado por las hermanas.- No, no - negó Esperanza - presione un poquito, no más. - Sos como yo, no te comes ninguna. Nos vamos a llevar bien. Anunció y Esperanza mostró una sonrisa, ya que la joven tenía razón. Ella allí dentro podía entenderse mucho más con Lola que con el resto de las hermanas.- Puede ser, puede ser. Hizo un gesto con su mano y el móvil de Lola vibró. - Bueno, me voy - volteó atendiendo. - Lola - la llamó Clara -, derechito a tu casa - ordenó.- Sí, sí - asintió entrando nuevamente al convento. - ¿El colegio es primario? - Secundario - respondió. - Ah. Yo en mi pueblo daba clases - comentó Esperanza orgullosa. - ¿Ah, sí? - De secundaria, matemáticas. Preparaba alumnos. Me encanta. - Que bueno para tenerte en cuenta, por si falta alguna maestra. - Cuando quiera - se oyó el timbre. - Uy, esa debe ser Lola que se olvidó algo. Clara emprendió su camino hacia la puerta, pero un llamado la detuvo.- Clara - una joven de la cual Esperanza no pudo recordar su nombre apareció por un costado - la llama la madre.-Eh, pero...- vaciló.- Atiendo yo ¿quiere? - se ofreció Esperanza.

# Capítulo Siete

Capítulo Siete.

Esperanza se dirigió a la puerta recordando a la joven de moñitos rojizos. Era bueno que una joven común también estuviera cerca, por lo menos, entre tantas monjas, tendría alguien con quien conversar, aunque fuese unos años menor. Abrió la puerta mientras pensaba ello pero se sorprendió al ver del otro lado a Tomás hablando por su móvil. Y cerró la puerta. Se apoyó contra ella horrorizada. No podía tener tanta mala suerte. Finalmente, tomó aire y volvió a abrirla.Al hacerlo, se encontró con que el joven se sujetaba la nariz. Lo había golpeado. La sangre abandono su rostro y su pulso se aceleró, si era posible que lo hiciera aún más. Entonces, Tomás bajó la mano y ofreció una sonrisa. Era una broma. Ella soltó una risita ahogada. - ¿Qué pasó? -Preguntó y Esperanza recordó la noche en el micro - ¿Una correntada? - No sé a qué se refiere. - Se te fue la puerta... No importa. Permiso -pidió-. ¿La Madre está? - ¿La madre de quién? - Tomás la observo confuso, no sabía si se trataba de una broma o una pegunta en serio. - La Madre Superiora. - Ah -asintió entendiendo el error que había cometido -. Sí. - ¿La podrías llamar? A ver si me puede atender, por favor - pidió demasiado educado. - Si - pasó junto a él. - Muchas gracias.Cuando Esperanza se hubo alejado unos pasos, Tomás volvió a hablar.- Chist, chist,

chist - masculló. Esperanza volteó y observó a ambos lados buscando a la persona a la que el Padre se dirigía, pero no había nadie además de ella. Lo observó y él le hizo señas para que se acercara.- ¿A mí? - pregunto. Tomás asintió con una sonrisa. Llevaba puesta una camisa azul oscura, la cual resaltaba el pasa cuello y el rosario que siempre llevaba colgado del cuello no resultaba tan evidente, pero aun así era distinguible. Un morral de cuero marrón colgaba desde su hombro izquierdo, hasta su cadera derecha, un poco más debajo de donde comenzaban sus pantalones oscuros. - ¿Qué onda? - hizo un gesto con su cabeza.- ¿Qué onda qué? - se sorprendió por la pregunta. - Digo ¿Qué onda? ¿Te vas a una fiesta de disfraces? - se tocó el cuello clerical-. ¿Te acordás como me dijiste a mi hoy a la mañana? Soltó una carcajada, tenía que encontrar una manera de salvar la situación. - ¡Ay, que cómico! - No. Tres veces en un mismo día, es mucha casualidad, nuestros cruces...- Si -concordó. - Me gustaría que me cuentes un poco ese detalle, que no me contaste que eras novicia, cuando te enteraste que yo era cura. Es extraño.Esperanza se mordió el interior de la mejilla para que la boca no se le abriera de golpe, habría resultado muy obvio. - Si - desvió la mirada al suelo, intentado pensar una excusa. - Contame un poquito.- No, es una historia larga...-Tengo tiempo - insistió, curioso por conocer la verdad. Resultaba extraño que la joven no le contrara su vocación al descubrir que él era sacerdote. Y mucho más, que no llevara el hábito esta mañana. - Eh... - vaciló - fue muy feo lo que me pasó.- ¿Cómo? - se aproximó Tomás ya que las palabras salieron de su boca una tras otra perdiendo su sentido. - Que fue muy feo lo que me pasó - bajo la vista, incomoda.- ¿Por qué?- Dos robos sufrí. Me robaron dos veces el... la...- Hábito - ayudo él.- El hábito. Entonces..., usted no me vio vestida así porque yo lo llevo en la mochila, por seguridad. Cuando me lo robaron la primera vez, pensé que eran cosas que podían pasar. A todos nos pasa alguna vez. Y la segunda, ya me pareció raro. - Frunció el ceño -. ¿Qué le pasa a la gente con esto? - soltó observando su atuendo que no encajaba para nada con su forma de ser. - Entonces llegue a la conclusión de que, la gente es rara. - Bueno, está bien - asintió Tomas sin decir mucho más -. Ahora entendí, no tuviste la confianza para contármelo.- No - se encogió de hombros entendiendo que el Padre no se había tragado su historia -. Fue extraño para mí ese momento. - Julia na - sonrió-. ¿Juliana es tu nombre, no? Porque lo único que me faltaba es que me digas que no es tu nombre verdadero y sería muy feo para mí no...- No es mi nombre verdadero - irrumpió levantando la vista para ver la reacción del joven. Al contrario de que lo pensaba, el asintió, totalmente conforme consigo mismo. - Me lo imagine. - Ay, perdón - su cara se transformó -. Padre, perdón. Fueron dos mentiritas muy chiquititas...- Estas perdonada - Tomás sonrió -. No pasa nada. - Ay, qué bueno.- ¿Me vas a contar cuál es tu verdadero nombre ahora? - Esperanza. Él la observó, sus ojos se suavizaron, y una pizca de cariño asomo por ellos. - Hermoso nombre Esperanza. Bueno, mucho gusto - sonrió con aprecio-. Ahora si - le tendió una mano -. Tomás. - Mucho gusto - se la estrechó sin apartar sus ojos de los suyos. - Un placer.Esperanza observó sus profundos ojos celestes, cuando estaba por agregar algo, Sor Diana se acercó a ellos. - Padre- saludó.- Hermana, ¿cómo está?- El padre busca a la madre - Esperanza soltó una carcajada, por la cual Tomás y Diana la observaron confusos -. Qué raro que suena. El padre busca a la Madre...- Ya entendí - irrumpió Diana antes de que la joven continuara diciendo tonterías. Tomás sonrió, simpático -. Venga por acá, padre. Por favor.Antes de retirarse, la observó. - Nos vemos, Esperanza.

Concepción hojeaba uno de sus cuadernos, cuando golpearon su puerta. Con una sonrisa, el Padre Tomás colgó su bolso en la silla y se acomodó frente a ella. - Quería pedirle mil disculpas por el exabrupto en el restaurant - soltó mientras tomaba asiento-. Estoy avergonzada, pero nunca me imaginé que Máximo podía tener un hermano Sacerdote- se sinceró Concepción, ya que para cualquiera resultaba extraño que una persona como Máximo pudiera tener como hermano a alguien tan bueno como lo era él. - No se preocupe, Madre - la tranquilizó el joven. Ya era habitual para él que se sorprendieran de que Máximo fuera su hermano. Ellos eran como polos opuestos. Mientras que Tomas había heredado toda la parte solidaria de la familia, Máximo se había quedado con toda ambición de ella-. No se tiene por qué avergonzar. Entiendo el malestar. - Porque desde que se murió el Padre Juan la relación entre Máximo y la novia con nosotras, cambió. - Si, entiendo. Conozco perfectamente la relación que tenía mi papá con el Padre Juan. Mi hermano sabía que no se podía meter con él. Igual, no se preocupe por que la ayuda no se la van a sacar - aseguró.- ¿Usted cree que nos va a poder ayudar a nosotras? - Confíe en mi - sonrió. - Está mal que lo diga, por favor - Concepción se cubrió su rostro avergonzada -, pero como religiosa, yo tendría que confiar en la gente pero cada vez confío menos. Él asintió y en sus ojos se reflejaba la compresión. - También soy religioso, en mí puede confiar.

Recorría la casa con ella pisándole los talones.- Esta es la parte en la que me amenazas con que si no saco a mi hermano del medio me vas a dejar...- No, mi vida - irrumpió Eva -. Con que te des cuenta que si tu hermano se hace cargo de la fundación se acabaron los negocios, para mi es suficiente. - Mira con que altura hablas de chanchullos.- ¡Que sarcástico! No son chanchullos, esto es: Dar y recibir - sonrió -. ¿Está mal?- No, para nada - concordó-. Está perfecto. Se rascó la cabeza, pensativo. - Igual tranquila, mi hermano no se va a quedar mucho. Es un cura inquieto, le gusta estar dando vueltas con "La Palabra del Señor" y su guitarra- su tono fue despectivo-. En una semana se va, vas a ver.

La lluvia caía a montones, más que una "Llovizna pasajera" como habían anunciado parecía que el cielo iba a venírseles encima en cualquier instante.Clara y Esperanza se subieron a la Combi color carmesí cuando el Padre Tomás abandonaba el convento. Su reunión con la Madre Superiora había acabado. - De paso, me acompañas y conoces el mercadito - anunció Clara poniéndose el cinturón de seguridad. - Genial - asintió, pero el ruido del motor intentando encender cubrió sus palabras. - Lo que faltaba, no arranca - observó hacia afuera, la lluvia era fuertísima. - Esta lluvia del carajo - Clara abrió muchos sus ojos al oír a la joven. - ¿Hace falta que hables así? - Perdón.Mientras Clara insistía con el motor un golpe en la ventanilla de

Esperanza hizo que ella diera un brinco, pero se relajó al ver a Tomás tras el cristal y bajó la ventanilla. - ¿Qué paso? ¿No arranca?- No, no arranca - respondió Sor Clara -. Debe ser la batería. Esta vieja. - Voy a ver el motor - anunció.- ¡Deje Padre! ¡Se va a mojar todo! - Chilló, pero Tomas la ignoró y continuó su camino.- No pasa nada - sonrió pegando la vuelta y abriendo la parte trasera de la combi-. ¿Dónde iban? - preguntó tras levantar la tapa y echarle una mirada al motor. No irían a ningún lado con él, por lo menos ahora. - Al mercadito, acá a veinte cuadras. - Las llevo yo.- ¿Le parece? - inquirió.- Me parece, vamos. - Qué bien que vino un hombre entre tantas mujeres - susurró para sí y para Esperanza, quien sin quitar sus ojos del Padre Tomás, asintió.

# Capítulo Ocho

Capítulo Ocho.

- ¡Hermana Clara! - el grito despojó a Esperanza de sus pensamientos, y desvió la mirada. - ¿Qué pasa Suplicio? - inquirió Clara a la mujer que se detenía bajo la lluvia junto a Tomas, quien le sostuvo el paraguas. - Lola - anunció -. Lola no aparece. La mamá está desesperada buscándola. No aparece por ningún lado. La Madre Superiora la llamó y no contesta.- ¿Y qué puedo hacer? La combi no anda para buscarla...- Las llevo yo - irrumpió Tomas -. Esta chica, pensemos todo juntos ¿dónde puede estar? Todas las miradas se posaron en Sor Clara.

En el Chevrolet Agile negro del Padre Tomás iban Esperanza y Clara, una observando por la ventanilla trasera y la otra devanándose los sesos para saber dónde podía haberse metido Lola, respectivamente.- No puede andar esta chica por la calle con esta lluvia - suspiró Clara - y menos a esta hora. Está haciéndose de noche. - ¿Lola es novicia? - inquirió el Padre. - No, no. Es una chica que nos ayuda en el convento. Viene de una familia... Mejor ni le cuento. Un desastre. - Yo la conocí hoy - irrumpió Esperanza prestándole atención a un hombre que caminaba bajo la lluvia -. Es divina. - Sí. Divina pero indomable. Tiene una puntería para meterse en problemas. - Ojalá la encontremos...- La vamos a encontrar - la animó Tomas. Un destello recorrió a Clara.- A lo mejor está en el Pool. Ella siempre se junta con los jóvenes de allí...- ¿Dónde es?- Dos cuadras y la derecha - indicó la monja.

Se respiraba humo y olor alcohol, el bar en el que Lola se juntaba con sus amigos era un lugar que ni a su madre, ni a las monjas le agradaban que ella frecuentara. Cuatro jóvenes de cabello castaño y una joven morena paseaban con sus palos de Pool alrededor de la mesa. Era turno de Lola. Golpeó la bola blanca y una bola roja lisa entró en la punta derecha opuesta que ella se encontraba. Al principio, no conseguía darle a la bola al primer intento, pero con la práctica había aprendido, y hoy jugaba muy bien.Mientras la joven morena jugaba, la Hermana Clara aparecía por la puerta principal. Su atuendo desentonaba totalmente allí dentro. Al verla, Lola abrió sus ojos como platos. - Esperame un segundito - pidió al joven de cabello castaño que la observaba con demasiado interés.- ¿Qué hace acá Hermana? - interceptó a la monja antes de que esta llegara a la mesa de pool en la que se encontraban jugando. - Tu mamá está desesperada - la reprendió -. ¿Por qué no volviste a tu casa?Ella se encogió de hombros. - ¡Qué densa! ¡Es temprano!- No es temprano. Vamos que te acompaño - ordenó.- Por favor, le pido hermana que se valla - rogó Lola. La presencia de Sor Clara allí no hacía más que hacerla pasar vergüenza, frente a los jóvenes que ella consideraba sus amigos-. Por favor, que después lo pibes me van a joder - rogó observando a los jóvenes que seguían en torno a la mesa de pool -. Estoy bien acá, no quiero volver a mi casa. - Dale, Lola - insistió.- Le estoy pidiendo bien que vaya, hermana por favor- rogó observando hacia atrás -. Además, usted no tiene nada que ver con este lugar. - ¿Qué no tengo que ver? - rió -. Yo soy muy buena jugando al pool - aseguró quitándole el palo de la mano y dejando el paraguas en su lugar.

Esperanza observaba caer las gotas contra el cristal. Sentado en el asiento del conductor, Tomás la observaba por el espejo retrovisor. Cuando la conoció en el micro la noche anterior, jamás habría imaginado que la joven era novicia, pero no era algo tan sorprendente, ya que a él le ocurría lo mismo. Cuando no llevaba el cuello Clerical nadie confiaba en que era sacerdote, y demasiado seguido tenía que rechazar a distintas jóvenes o no aceptar sus números telefónicos. Por ello, siempre intentaba llevar el pasa cuellos, para no tener que lidiar muy a menudo con ello. Una, dos, tres, cuatro, cinco... Esperanza contaba las gotas contra la ventanilla, hasta que finalmente observó hacia adelante. - ¿No tardan...?- Si - concordó Tomás-. Se ve que no quiere salir la chica. Observó a todos lados, sin saber que responder, cuando la música captó su atención. Desde muy joven, todos siempre había elogiado la voz de Julia, y hoy con sus veintiún años, cantar estaba entre las cosas que ella más amaba.Cuando reconoció la canción en la radio comenzó a tararear, pero varios segundos después, casi sin darse cuenta, su tarareo fue remplazado con unas dulces y afinadas estrofas. La voz de la joven era como la de un ángel.

"Y amo lo que amas, yo te amo te amo por amor sin doble filo. Te amo y si pudiera no amarte, sé que te amaría aún lo mismo."

Al oírla, Tomas levantó la vista al retrovisor y sin interrumpir, oyó encantado.

"Y amo lo que amas, yo te amo,te amo por amor al dar lo mío.Te amo con orgullo de quererte,porque para amarte yo he nacido"

- ¡Qué lindo que cantas! - alagó cuando hubo acabado.- ¿Qué? -soltó Esperanza observándolo, consternada.- Que lindo que cantas- repitió con sus ojos celestes llenos de brillo, los cuales la fundieron hasta lo más profundo-. Me encanta. Muy lindo.- Estaba... tarareando arriba de... - vaciló. - Me encantó - confesó-. De verdad. Yo toco la guitarra - agregó. - Si, me imaginé - respondió recordando el estuche con el que lo vio subir al micro. - ¿En serio? ¿Cómo sabes? - Bueno... Digamos que el estuche, de la guitarra me dio una pista.Tomás rio.- ¡Que tonto que soy! Tenés razón. No me di cue nta.Esperanza rio con él.- Tenía una banda de rock cuando era más joven, con unos amigos. - ¡Así que curita rockero! - las palabras escaparon de su boca -. Ay, perdón - su cara se transformó al comprender la gravedad de sus palabras- no te... no le quise faltar el respeto. Perdón.- Pero, tuteame - pidió él -. No pasa nada, podes. - Ay, no.- De verdad te digo. Está todo bien.Ella se encogió de hombros. - Me siento más cómoda. Si en un futuro me sale - desvió la vista de los ojos de él. - Bueno - aceptó - como quieras. - ¿Usted en que parroquia está? - cambió de tema, curiosa. - No, ahora en ninguna. Me asignaron una Jujuy, en una semana viajo. Sin saber porque, se le cayó el alma a los pies al oírlo. Aun así, asintió disimulándolo. - ¿Y cuándo decidiste ser novicia? - inquirió curioso. Se le desencajó la mandíbula, pero prosiguió. - Em... hace poco - frunció el ceño-. Hace muy poquito. Me estoy todavía acostumbrando a la idea - mintió, aunque parte de eso era cierto, ya que ponerse un hábito no era algo que ella esperaba que ocurriese.- Me imagino - una sonrisa cubrió el rostro de Tomás, encantado con la idea-. ¿Vas a estudiar en el colegio del convento? - ¿Qué cosa? - Quinto año... ¿Estas en quinto? Ella rio.- Ya terminé el secundario.- ¿Cómo? - se asombró. Tomas podría haber jurado que la joven tenía diecisiete años, dieciocho quizá. - Si, de hecho en mi pueblo daba clases. - ¿Sos maestra? - se sorprendió aún más. - Soy mayor - soltó orgullosa.- Te juro que te daba menos. Pensé que eras chica. - No - negó.- Bueno, evidentemente no - volvió a mirar hacia el frente y se acomodó en su asiento.

# Capítulo Nueve

Capítulo Nueve.

Sor Clara daba vueltas alrededor de la mesa de Pool. Se detuvo en una esquina y con un movimiento grácil golpeó la bola verde número tres, la cual entre limpiamente en la esquina derecha.- ¿Por qué no querés volver a tu casa? - preguntó mientras apuntaba a otra bola.- Porque estoy bien con mis amigos - respondió la joven.- No deberías tomar cerveza -observó la botella de alcohol que Lola tenía en la mano - Sos muy chica.- Si todos toman. Déjeme tranquila - insistió.La Hermana Clara apuntó a otra bola y de un limpió tiro metió la bola cuatro, azul en otro agujero. - ¿Viste? -La observó puliendo la punta del palo con la tiza - Tu mamá está muy preocupada. - No - negó la joven -. Mi mamá no está para nada preocupada. ¡Mi mama lo que quiere es llamarlas a ustedes para que piensen que soy una loquita que hace todo mal para que me vaya a vivir al convento! - exclamó -. Igual yo iría - bajo la voz - No sé, me siento cómoda ahí. - Si, pero eso no es posible... - la observó.- ¿Por qué? ¿Y la chica esta que llegó hoy?- Es distinto - Clara se inclinó sobre otra bola - ella va a ser novicia-. Cuando la hubo metido, volvió su vista a Lola cuyos ojos se habían cristalizado-. ¡No te pongas así! - La abrazó-. Nosotras te queremos igual.Un chiflido las obligó a separarse y un joven alto de cabello castaño habló. - La chica no se quiere ir, ¿por qué no se vuelve al convento, monjita? - desafió a Clara. Clara, exasperada tomó a Lola del brazo y tiró de ella.- Terminemos con esta situación. Vamos que tengo un auto afuera y está lloviendo - recogió su paraguas y se dirigió afuera.- Eeh - el joven la detuvo tirando del brazo de Lola -. Pero no se preocupe ¡yo después la acompaño! - Bueno para, para - Lola se zafó de los brazos del joven.- Te voy a llevar a tu casa ahora - anunció Sor Clara.- Se puso densa la monjita chicos - el joven de cabello oscuro que había estado observando a Lola se aproximó a ellos, seguido por otro que reía ante el comentario. - ¡Además de monja sos sorda! - gritó a Clara - ¡No escuchas...- ¡Ey! ¡Ey! - Irrumpió Esperanza - ¿A quién le decís sorda? - empujó al joven por el hombro, el cual se mantuvo firme. - ¿Quién sos? - ¿Querés saber quién soy, capo? - soltó altanera. - Ah, bueno. Sos muy mala - se burló. - Ah, bueno. Sos muy canchero, eh - lo imitó ella -¿Sabes lo que hago con los cancheros como vos? - preguntó.- ¿Qué haces? - Me los como en un pancho. - Bueno... - observó a sus amigos, a los cuales se había unido uno robusto con una remera a cuadros y todos rieron-. ¡Anda a pelearte con alguien de tu tamaño! - Mira yo... - se detuvo un momento -. ¿Qué? - Exclamo-. Ah, bueno - ser rio - ¿En qué te basas para decirme petiza? ¿Me estás diciendo petiza? No, no - Clara la detuvo por detrás.- Para, para - soltó Lola.- Agarrame, agarrame. Te venía bancando hasta esta. Te voy a matar. A Lola nos la vamos a llevar ¿me escuchas? - anunció.- No. Lola se queda acá - tiró del brazo de la joven. - No se queda - se acercó a Lola. El joven de cabello castaño, metió el brazo entre ambas y empujo a Esperanza para separarlas.- ¡Eh! ¿Qué pasó? - exclamo Tomás acercándose a ellos -. ¿Qué te pasa, flaco? - Encaró al joven-. ¿Estás loco? ¿Cómo le vas a pegar a una mujer? ¡Podría ser tu hermana, tu mamá! ¿Estás loco? Te vas a arrepentir toda tu vida. El joven, al verle el cuello clerical respondió.- Bueno, llegó todo el Vaticano - observó a sus amigos-. Falta el Papa y están todos. Al oírlo, Tomás lo tomó por el hombro y lo estampó contra la pared. - Escuchame - se acercó al joven -, no tengo ningún problema en llevarte de acá a tu casa a patadas en el culo. ¡Tranquilizate! ¡No tengo ningún problema en agarrarme a piñas con cualquiera de ustedes tres! - observó al resto -. ¡Con los cuatro juntos si quieren! Los jóvenes se limitaron a observarlo.- Anda. Tranquilo - soltó el joven - está todo bien. - ¿Está todo bien? - Sí, sí.- Tranquilizate, seguí con lo tuyo - Tomas lo soltó y volteó a Esperanza.- ¡Vos anda con tu mamita! - gritó a Lola, la cual no sabía dónde meterse, el no haber hecho caso a Clara le había costado el papelón más grande de su vida. - Ah, me prendieron fuego - observo a Clara, Esperanza y Tomas -, Gracias.- Lola - la llamó el Padre, pero ella no respondió - ¿Estas bien? -observó a Esperanza, preocupado.- Sí, sí. - Dale, Vamos - pasó junto a ella, detrás de Sor Clara.Antes de retirarse, Esperanza volteó a los cinco jóvenes y levanto el dedo mayor de su mano, con una mueca de burla. Un gesto de toda una novicia.

En el patio del convento Concepción observaba a Tomas. - Llamó la mamá de Lola para decir que la chiquita había llegado muy bien. Gracias Padre. - Fue un placer, no hay nada que agradecer - sonrió sacudiendo su paraguas. -Otro favorcito más - rogó Concepción. - Si, dígame.- Resulta que desde que murió el Padre Juan que no tenemos confesor en la casilla. ¿A usted le molestaría confesar a las hermanas? Esperanza la observó incrédula.- No, un placer. Un placer para mí. - Bueno... Suplicio.- ¿Madre? - Dígale a las hermanas ¡que tenemos confesor! - Suplicio ahogó un grito eufórico - Que vayan para la capilla.- Si, Madre.Esperanza observó el suelo, y sin que lo note, comenzó a caminar hacia su habitación, pero Concepción la detuvo. - Chist, Chist - la retuvo por su brazo - vos también.- ¿Yo también qué? - inquirió por la bajo.- A confesarse. Esperanza volteó hacia el padre Tomás, quien conversaba animadamente con Clara.- ¿Esta bromeando, no? - No, no, no.- Yo no me pedo confesar - masculló por lo bajo -. A ver si entendemos.- Va a ser lo mejor. Es una buena forma de pasar desapercibida- advirtió.- ¡No me haga esto! - Por favor... Dale. Esperanza cerró sus ojos, ¿qué le diría para evitarlo? - Madre, - una voz la despojó de sus pensamientos: Tomás -. Perdón, no quería interrumpir. ¿A quién le gustaría empezar?- Yo. Si no hay problema - respondió Sor Clara. - Sí, sí. ¡Ya! - exclamó Esperanza -. Vos.

Tomás paso el alba blanca por su cabeza y la estola morada por su cuello, una punta colgando por cada lado. El ser confesor era un honor para él, desde que había decidido su vocación que ser confesor era algo con lo que había soñado, y hoy con sus años en ello, podía jurar que lo había oído todo. Pero no le importaba, ya que el dialogar con la gente y poder ayudar otros le encantaba, aunque sentado detrás de la casilla se convertía solo en un intermediario con Dios. La pequeña ventanita cubierta con una reja entre floreada y circular le permitió ver a la Hermana Clara cuando esta tomó asiento, al otro lado. En la casilla él debía voltear su cabeza a un lado para ver a la persona sentada, de manera que mantuvo la cabeza al frente, mirando hacia abajo cuando habló.- En el nombre del Padre, del Hijo, y del Espíritu Santo. Amén - besó su mano y Clara hizo lo mismo a la par. - La escucho Hermana - la observó y volvió a mirar al frente. Ella suspiró y comenzó a hablar. Miles de imágenes cubrieron su cabeza al recordarlo todo, y como siempre ocurría, su garganta se cerró y sus ojos se cristalizaron, al borde del llanto. - No sé por qué siento la necesidad de hablar hoy de esto, otra vez. Yo ya lo confesé cuando entré al noviciado - explicó -. En ese momento, estaba el Padre Juan. - Si te arrepentiste de corazón y lo confesaste, - habló Tomás observándola - estas en paz con Dios. - No estoy en paz - anunció ella -. Siento que lo que hice es tan grande que… persiste dentro mío y tengo ganas de hablarlo - Tomás asintió mirando al frente - de confesarlo. Pero me da un poco de vergüenza. - No tenés que tener vergüenza conmigo - le recordó -. No estoy acá para juzgarte - La miró -. Soy un nexo, entre tu corazón y el Señor. Clara miró al frente.- Hace muchos años - sus ojos estaban al borde de las lágrimas - cometí el peor error que un ser humano puede cometer. Un pecado por el cual, no hay solo día en mi vida donde no me haya arrepentido. » En ese momento estaba sola y no tenía ningún apoyo - explicó -, no tenía nada para darle. Tuve mucho miedo. Fue un error terrible. - ¿De qué se trata, Hermana? - la animó el Padre. Ella giró la cabeza y a través de la ventanita observó a Tomas, juntó fuerzas y habló.- Hace veintiún años quedé embarazada y tuve una niña. Era joven, no tenía contención de mi familia, ni apoyo y sentí miedo.

Tomas la observó.- Mi corazón sabía que yo no podría darle nada, así que, simplemente, la abandoné. La di en adopción. » Padre, ¿usted cree que algún día Dios me va a perdonar por lo que hice? - Dios todo lo perdona - ella asintió-. Quiero que estés en paz con tu corazón por que no hubo pecado en lo que hiciste. - Pero di a mi hija - masculló ella -, a mi bebita. - Hiciste lo que creías mejor en ese momento para tu hija - le recordó-. Por favor, no te tortures más - rogó.- Lo voy a intentar. - ¿Algo más que me quieras contar? - No -suspiró - lo demás no tiene importancia.

# Capítulo Diez

Capítulo Diez.

Los nervios agolpaban su cabeza mientras aguardaba sentada en la iglesia. Cuánto echaba de menos a su madre en situaciones así. No se permitía pensarlo muy a menudo, pero en ese momento, habría dejado todo, absolutamente todo por pasar un momento con ella. No se percató de que Clara había acabado hasta que Sor Sulpicio le tocó el hombro con cariño. Observó a Tomas, con el alba blanca y aquella tira morada alrededor de su cuello, en la punta bordadas en oro había dos cruces gemelas, resaltando sobre la tela. A su lado, Clara se frotaba un ojo y por su aspecto parecía que había estado llorando. - ¿Está bien hermana? - preguntó. - Sí, estoy un poco cansada - anunció y a paso firme, se dirigió al convento. - Bueno ¿quién sigue? - se aproximó Tomas. - Tenemos a la novicia nueva - la observó Suplicio -, Esperanza.

Clara se alejó del Padre, y cuando estuvo lo bastante lejos para que no lo notaran, echó a correr. Todo lo que quería era encerarse en su habitación y estar a solas. En la entrada al convento, pasó entre medio de Sor Genoveva y Sor Beatriz, quienes la observaron extrañadas. - ¿Qué le pasa a esta mujer? - Espera, - respondió Beatriz ubicándose al otro lado de la Hermana -

háblame de este que te escucho bien - apuntó a su oído derecho. - ¿Qué le pasa a esta mujer? - Exclamó- Que se yo. Es más rara a veces - anuncio metiendo sus manos en los bolsillos de hábito. Genoveva, se colocó sus anteojos y observó a Esperanza, quien se dirigía a la casilla de confesión. - Sabes que no me gusta nada la aparición de esa chica. Hay algo que no me cierra. - Absolutamente - concordó Sor Beatriz -. Una novicia nueva y que nadie nos diga nada... - Negó con la cabeza-. Es rarísimo. - Acá hay gato encerrado - Genoveva pronunció ese antiguo refrán -. Y tiene que ver con la Madre Superiora. Es una más para el lado de ella. - Depende... Salvo que logremos convencerla de lo contrario - sonrió Beatriz- recién llega, hay tiempo. - Ay, pero si vieras como se te ponen los ojos de brillantes cuando sos inteligente.- Siempre fui inteligente - la fusiló con la mirada. Genoveva rio. - Me voy a ocupar de mi alma.

Reprimió el impulso de fusilar con la mirada a Suplicio o echarse a reír y, con la vista fija en el suelo, pasó junto a Tomas, camino a la casilla.Él la siguió por detrás, abrió la puerta y se ubicó en la casilla, mirando al frente. - En el nombre del Padre, del Hijo y del Espíritu Santo, Amén - besó su mano y la observó, Esperanza estaba concentrada en sus manos - Cuando quieras, Esperanza. Te escucho. Vaciló. - Uy, es que son tantas cosas que uno quisiera decir que no sé bien por donde arrancar - se interrumpió, su cabeza iba a mil por hora. Jamás había hecho eso y jamás habría pensado que lo haría. Sentarse en aquella casilla marrón, toda de madera, con el joven al que conoció en el micro sentado al otro lado y vestida de novicia. ¡Qué locura!- A ver, empecemos por esta decisión que tomaste - preguntó el Padre - ¿Por qué querés tomar los hábitos? - No sé si quiero.- ¿Cómo? - se sorprendió Tomas con una sonrisa. - Perdón, estoy un poco nerviosa - confesó, el tener al joven al otro lado, en su primera confesión, no ayudaba. - No, tranquila no te voy a comer - sonrió este.- Yo lo que quiero decir es que, la Madre Superiora me dijo que una novicia recorre un camino donde va viendo, dónde no todo es definitivo ¿no? - Totalmente - concordó -. Es así, no es una decisión para tomar apresuradamente- suspiró -. ¿Y qué es lo que más te atrae de todo esto?Ella rebuscó en su cabeza, buscando algo con lo que pudiera ser honesta. - Ayudar a la gente, con eso sí me siento cómoda. Esta bueno, ayudar a los que lo necesitan. Intentar que el mundo sea un poco menos injusto ¿no? No sé - se dio por vencida -. Todo lo que hacía Jesús. - Ambiciosa - jugó Tomás con una sonrisa -. Cristo fue uno solo y así todo...- No, si-. Irrumpió - Lo tiro por la culata, pobrecito. También lo mandaron a este mundo, déjame de hinchar - balbuceó. Tomas sonrió y observó al suelo, intentando aconsejarla de corazón. - Es una decisión que requiere de mucha seguridad, mucha humildad. Tenes que renunciar a todo- se recordó a si mismo cuando decidió volverse religioso -. ¿Estás segura que no te atrae el otro mundo? - inquirió y sus ojos se encontraron. - Bueno, para lo que hay en el mundo, Padre. - ¿Pero no te atrae enamorarte, formar una familia, tener hijos?- Ahora estoy en este camino - decretó ella-. No sé, voy a ver que me pasa en un futuro. - Está muy bien lo que decís. Bueno, ¿Algo más? - ¿Algo más de qué? - preguntó con la mirada fija en él.- Algo más que me quieras contar. - Qué me gusta - soltó y él la observó, confuso -. Que me gusta este convento.

# Capítulo Once

Capítulo Once.

Todas las Hermanas tomadas de la mano rezaban el Padre Nuestro, mientras Esperanza, intentaba seguirles la corriente.- Hágase tu voluntad en la tierra como en el cielo, danos hoy nuestro pan de cada día, perdona nuestras ofensas, como también nosotros perdonamos a los que nos ofend e...Un móvil detuvo la oración y la joven levanto una mano, disculpándose. - Perdón - sacó el móvil de su bolsillo y volvió a guardarlo - ahí va. - Como también nosotros perdonamos a los que nos ofenden no nos dejen caer en la tentación y líbranos del mal. Amén.- Qué el Espíritu del Padre Juan nos acompañe desde el cielo. Anunció Suplicio cuando todas abrieron sus ojos e hicieron la señal de la cruz.

"Selección Nacional de Coros Religiosos: Padre Benito Carlucci" Esperanza leyó las bonitas letras doradas impresas en la entrada del teatro, en el que todas las hermanas ingresaron con la cabeza en alto. Un grupo de doce monjas con hábitos amarillo y bordó cantaban sobre el escenario con mucho entusiasmo un tema en inglés. La joven se preguntó a qué convento pertenecerían, pero luego descartó la idea de preguntarlo, ya que al oírlas cantar, todas las hermanas pusieron cara de preocupación y corrieron a observar. Las caras de perplejidad fueron apareciendo una a una, a medida que la canción avanzaba, sonaba cada vez mejor. Eran muy buenas. - Se suponía que el "Gospel" no entraba en esta selección - soltó Sor María.- Sí. Excelente dicción - respondió la Hermana Beatriz, sin nada que ver a la conversación.- ¿Qué? - Siempre dije que hay practicar bien la dicción para que la letra llegue al corazón del espectador, pero hablo, hablo...- No. Yo estoy muy de acuerdo con usted. Pero yo dije "Selección" no "Dicción". ¿Usted es sorda, hermana?- Este año integraron a los Evangélicos, que son más alegres - explicó Sor Diana -. ¿Dónde está el baño, Nieves? - El baño... ¿Otra vez, Diana? Fuiste cuando salimos del convento. Esperanza aplaudió.- ¡Vamos! - Exclamó - ¡¿Qué pasa con este equipo?! ¿Dónde está esa energía? - Acá - anunció Nieves con una un tono que parecía de velorio. - Vamos chicas, media pila ¡la van a romper! La van a romper ¿me escuchan?- ¡Silencio! - La calló Genoveva y observó a las hermanas - ¿Dónde está esa energía? ¡Vamos chicas, la van a romper! -exclamó y las monjas la observaron perplejas -. Perdón.- ¿Esta nos está cargando a nosotras? -masculló la Hermana María a Sor Beatriz.- No sé, es insoportable - respondió.Esperanza reaccionó automáticamente al oír su móvil sonar. - ¡No! - la regañó Clara -. ¡No es momento ni lugar para hablar por teléfono!- Ya sé, pero es un segundo - anunció alejándose. Cuando hubo llegado tras bambalinas, donde la música era casi inaudible, se llevó el móvil al oído. - Hola, acá estoy - habló observando todo a su alrededor. - ¿Dónde estás? - preguntó Pato, su mejor amiga, desde el otro lado de la línea. - Me tuve que ir, pero quédate tranquila. Está todo bien. - ¿A dónde te tuviste que ir? - preguntó la joven rubia de ojos verdes -. ¿En qué lío te metiste? - Estoy en... - acercó la mano a su boca para hablar más bajo pero la capa color turquesa que llevaba se interpuso, cuando consiguió quitarla del medio, continuó - Estoy en Buenos Aires. No puedo hablar ahora.- Pero para, para. ¿Me podes explicar que pasa? - inquirió. - No puedo. - Bueno, escúchame. Tu novio te está buscando como loco. - No es mi novio - soltó recordando a Miguel por primera vez desde que había llegado -. Decile que..., dejá no le digas nada. - Para, ¡no me cortes!- Escuchame Pato, - respondió y en ese momento vio que la hermana Clara se acercaba -. Escúcheme, no puedo hablar ahora - fingió -, después me comunico con usted, gracias. Cortó el móvil y volteó. - ¿Terminaste? - Sí.- Vamos. Es el turno de nuestro coro - ella asintió y cuando Clara salió del cuarto se detuvo un segundo a observarse en el espejo. Si hace dos días le hubieran dicho que se encontraría vestida de novicia se habría reído a carcajadas. La camisa blanca, debajo del hábito azul profundo; el velo color celeste, en señal de que aún no había acabado el noviciado y la tira blanca que se lo sostenía en la cabeza; la delgada soga blanca atada a su cintura como si se tratara de un cinturón y los zapatos con plataforma negra pasadísimos de moda eran su vestuario diario y hoy, para completar llevaba una capa color azul cielo, que en el convento se utilizaba los días que el coro cantaba. - Que duro esto - habló a su reflejo y salió tras la hermana.

Nueve. Ocho. Ocho. Era el puntaje que "Gospel" había recibido por parte de los jueces, un sacerdote mayor ya pelado, y dos mujeres de mediana edad, ocupaban dicha mesa. El coro del Convento Santa Rosa ocupó su lugar, cuando el otro se hubo retirado.Por su parte, Sor Clara y Esperanza se quedaron en el borde del telón, tras bambalinas, donde ellas podrían ver, pero nadie podría verlas. - No quiero ser mala, pero nos van a pasar el trapo eh - anunció Esperanza.- Hay que tener fe, - la regañó Clara con sus ojos muy abiertos -. Esperemos que no.Comparada con la alegre melodía de los evangelistas, "Mas cerca, oh Dios, de Ti", sonaba más bien como un canto fúnebre. Aunque la afinación venía siendo esplendida por lo menos, hasta que la melodía disminuyó su volumen, y la hermana Beatriz dejó de oír la música. - ¿Tiene algún problema Beatriz? - preguntó Esperanza al ver que la hermana se había perdido. - ¿Qué tipo de problema? - No sé, ¿no la ves? Es como que no puede seguir la música. ¿Tiene algún problema de sordera? Clara se encogió de hombros. - No, es una persona distraída, nada más. Pero ese no fue el mayor problema del coro., si no que este comenzó con las desafinadas de Sor Diana. - ¡Ay! ¡Me dolió! - exclamó Esperanza al oírla. Esperanza y Clara se inclinaron a observar a los jueces, quienes fruncían su nariz y con educación cubrían sus orejas ante la marcada desafinación del coro. Al acabar, ni la propia Esperanza pudo aplaudir, solo Clara, quien tenía un gran corazón, lo hizo y juntas observaron el puntaje. Cinco. Tres. Cuatro. - ¿No saben otra cosa? - Masculló Esperanza a Clara mientras el coro se retiraba - ¿Algo menos embole? No llegó a responder, que las hermanas pasaron junto a ellas con el ceño fruncido y anunciando que había resultado un desastre. ¡Qué novedad! Fue todo lo que Esperanza pudo pensar al respecto, para alguien que había cantado toda su vida... Entonces, una idea atravesó su cabeza. - Voy a arreglar esto - anunció.- ¡Esperanza! - la detuvo Sor Clara, pero ya era muy tarde.

Decir que se trataba de un barrio carenciado era ser mediocre, tanto como dudar de que el Padre Tomas tenía un gran corazón. Era allí, en un barrio carenciado cercano al Convento donde, Tomas Ortiz, parte de dueño de la empresa de los Ortiz, se encontraba levantando ladrillos. - ¡Vamos! Apúrense. Ahora subimos los materiales. Ustedes no pueden vivir así, es un peligro - Anunció Tomas mientras se quitaba una chaqueta color azul cielo, al igual que sus ojos y se la arrojaba a un hombre cercano para que la dejara sobre una silla. Debajo una remera ajustada blanca marcaba su esbelta figura y contrastaba el rosario negro que siempre colgaba de su cuello. - Si, Padre - respondió un hombre tozudo, al que Tomás había hablado, mientras pasaba junto a él -. Pero otra no queda, - se encogió de hombros- Ya lo sé -asintió y corrió escaleras abajo, en busca de más ladrillos-. ¿Qué pasó con el plan que no avanza? - preguntó a un hombre, que también levantaba ladrillos.- Y, hace seis meses que estamos pagando la vivienda Padre, pero va lento...- Por lo menos va - agregó otro hombre moreno a su lado.- Vos lo dijiste: Por lo menos va - lo motivo- ¡vamos! - exclamó cargando más ladrillos -. Hay que seguir.

Esperanza corrió hasta la mesa del jurado y se detuvo delante, donde la observaron extrañados. Una mujer delgada y morena, otra rubia de cabello corto de mediana edad y, a la izquierda un sacerdote, el cual pudo distinguir por el pasa cuellos, pelado y con anteojos. Estaban delante de una bonita mesa cubierta con un mantel rojo y una lámpara en cada punta. Todos estaban tomando nota de lo ocurrido durante el concurso. Cuando hubo dado toda su explicación, la mujer morena respondió:- A ver si me entiende, no se les puede dar otra oportunidad - la mujer juntó sus manos, con excesiva paciencia.- A ver si me entienden ustedes, las pobres monjitas quedaron desechas después de la muerte del Padre Juan, - excusó - ¿En qué momento querían que ensayaran? - Lo sentimos mucho - irrumpió la mujer rubia sentada al medio, con menos paciencia que la primera - pero no se puede repetir. Esperanza soltó una carcajada, por lo cual la hermana Clara, quien se había detenido tras ella, apoyó una mano en su hombro. - Esperanza. - ¿Quién dice eso? ¿En qué reglamento lo dice? -insistió, haciendo caso omiso a las palabras de la Hermana Clara.- Reglamento del concurso, Inciso Seis - respondió el Sacerdote sentado a la izquierda.- ¿Hay un reglamento? - Irrumpió Clara, intentando salvar la situación - Muchas gracias por su atención-. Fusiló a Esperanza con la mirada - Vamos.- No - volvió a mirar al jurado -. Chicos, media pila, por favor - rogó -. Es una canción que dura tres minutos.La mujer rubia, sentada al medio estaba perdiendo la paciencia. - Si es tan amable, el próximo coro espera...- Y va a seguir esperando.- Esperanza, vamos a casa- ordenó Sor Clara. - No puedo, - la observó -. Esto me parece una injusticia, hermana. - Hermana - hablo la mujer morena con excesiva paciencia - por favor, tenemos que continuar. - Bueno, continuemos dándole una oportunidad a mi coro.- ¡Basta! - Bramó la rubia - ¡Usted es una insolente! ¡Retírese de mi vista ya! La mujer a su lado, le hizo un gesto para que se calmara, pero fue Sor Clara, quien respondió.- ¡¿Cómo le dijo?! ¡¿Cómo le va a hablar así a una novicia que le está hablando del corazón?! - exclamó golpeando su puño contra la mesa. Todos en la mesa se observaron, conscientes del error de la mujer rubia. - ¿Quién se cree que es? - gritó Clara. - Hermana, sin violencia. Vamos - habló Esperanza, antes de que la mujer rubia pudiera articular palabra. - Sin violencia - concordó Clara - Vamos. - No queremos acabar como una hinchada de futbol - bromeó mientras se alejaban.

# Capítulo Doce

Capítulo Doce.

Recorría el pasillo de una de las casas mientras hablaba por su móvil. - No me podes decir eso - soltó mientras observaba a su alrededor. Había tanto que hacer, tanto que trabajar. De lo contrario, mucha gente no tendría donde dormir esa noche. - Te dije que era para hoy. Estamos todos esperando la bolsa de cemento. - Bueno Padre, haré todo lo posible para que llegue a destino. - Si, capo - asintió, en sus ojos se delataba la preocupación -. Esta gente no puede dormir así esta noche. - Haré todo lo que pueda - repitió el hombre.- Te lo pido como un favor personal - rogó y pudo oír como el hombre al otro lado de la línea se ablandaba. - Me encargaré personalmente de que salga para allá.- Dale. Lo antes posible. - Si, Padre. - Muchas gracias - soltó sincero y colgó.Levanto la vista del suelo, y una joven de unos quince o dieciséis años con el cabello rojizo recogido en una coleta se acercó a él. - Ey - sonrió Tomás defendiéndola - ¿Vos eras? - Lola - sonrió la joven que llevaba una remera corta, unos jeans y un collar negro pegado a su cuello. - Lola - asintió recordándolo.- ¿Qué hace usted acá? - preguntó la joven recordando la escena en el pool el día anterior. - Estábamos arreglando los techos - respondió observando hacia arriba. - Ah - asintió - ósea que estas arreglando mi casa. - ¿Estabas cuando se vinieron abajo? - preguntó recordando lo que uno de los jóvenes le había contado sobre el derrumbe. - No - negó con la cabeza -. Habíamos ido a buscar agua potable con mi hermano. Gracias a Dios, tuvimos suerte por no tener agua. Tomás asintió. - ¿Y tus viejos? - Mi papa, básicamente no sé si sigue vivo - respondió recordando la hombre que le había dado la vida, o lo intentó ya que casi no lo conocía- y mi mamá no estaba cuando pasó. Así que supongo que tendremos que tolerarla cuando vuelva. Tras ella, un joven con una camiseta anaranjada, se aproximó. - Igual, todo esto es un desastre. - Tranquila, - la motivó Tomas. - Lola, - habló el joven de remera anaranjada. Tenía el cabello oscuro y contextura chica, pero aun así mucho más alto que Lola, quien era una cabeza más baja que el Padre - ¿vamos yendo? -Si- respondió y agregó - Él es Osqui, mi hermano. Él es el Padre Tomas. Le tendió una mano.- Crack, un gusto - El joven sonrió desconfiado- Quédense tranquilos, se va a arreglar todo. Tengan fe. - Si - asintió Lola.- Padre -, el hombre moreno se acercó a ellos -. Llegaron los ladrillos que mandó a comprar. - ¡Vamos todavía! - aplaudió Tomas -. Bueno, manos a la obra - se despidió.

Mientras bajaban las escaleras, Esperanza oía a la Novicia Diana lamentarse. - ¡Ay, qué vergüenza! ¡No me vuelvo a subir nunca más a un escenario! - la joven frotaba sus manos.- Bueno, tampoco exageremos - motivaba Hermana Clara -. Ya va a salir. Esperanza oía la conversación sin interés, para ella no resultaba algo tan trágico estar en medio de un escenario, pero cada uno sufría sus pánicos, y allí en medio de un grupo de monjas, debía respetarlos más que nunca.- ¡Fue la peor presentación en años! - gritó la Hermana Beatriz. - Por favor, baje la voz. Parece sorda - pidió Diana. - ¿Gorda? - Suspiró -¡Justo gorda, yo?- Beatriz, - la observó Sor Clara - ¿Vos tenés algún problema en el oído? - preguntó, recordando la observación de Esperanza durante la presentación.- ¿Vos tenés algún problema en el cerebro? - soltó indignada.- Era una pregunta... - Fuera de lugar. Muy fuera de lugar. - Después de este desastre - Sor Suplicio tomó la palabra -, no nos van a dejar cantar ni en la quermeses de la parroquia. - El problema -

opinó Esperanza - es que pegaron desafinadas grosas - remarcó la palabra "grosas" para que no cupiera lugar a dudas.- ¿Nena, no te parece que te estas extralimitando un poquitito? - inquirió Sor Genoveva, ante el comentario de la nueva novicia. - No es con usted -aclaró-. Vos - señaló a la joven de cabello color caramelo y chasqueó los dedos intentando recordar su nombre -, Diana, escuchame. El tema está en el Sol Mayor, me lo hiciste en Sol Menor, vieja. Arrancaste bien pero después como si te hubiesen golpeado arrancaste - hizo una imitación de la hermana cantando y a pesar de que intentaba desafinar sonaba mucho más bonito que lo que había salido de la garganta de Diana durante la presentación. ≫ Esto es así. Vos tendrías que haber dicho: "Más cerca si…".- Cantó.- Escuchame, - la hermana María susurró al oído de Genoveva- ¿desde cuándo tenemos que bancarnos a esta?- inquirió.- … Eso que le ponen ustedes, - prosiguió Esperanza - y listo. Un murmullo apareció entre las hermanas.- ¡Pero que linda voz! - Suplicio estaba encantada. Sus ojos castaños se iluminaron -. De haberlo sabido, hoy hubieras cantado en el coro. - Si - concordaron las hermanas tras ella.- Vas a estar en el coro - decretó la directora. La cara de la joven se transformó y soltó una carcajada. - No, en el coro no. Le estaba mostrando a ella como hacerlo…Al oír todas las voces de las hermanas insistiendo, supo que no tendría opción, tendría que encontrar una manera de evitarlo. - ¡Vamos ya! - exclamó Genoveva, a quien no le agradaba nada que la joven nueva opinara tanto, y se dirigió dentro. Todas las hermanas la siguieron. Fue Sor Clara, quien le hizo un gesto con su mano a Esperanza para que las siguiera.

Dentro del gran edificio de cristal en el que Máximo tenía sus oficinas Eva se aproximaba a su novio, con noticias sobre la planta de La Merced, lo cual no le agradó mucho. - ¡Ay La Merced! - Exclamó - ¡Estoy harto! ¡Tengo un quilombo atrás de otro! ¿Qué pasó ahora? - preguntó mientras se frotaba el puente de la nariz.- Los operarios se enteraron del cierre de la planta- anunció ella mientras Máximo se ponía de pie -. Están organizando la movilización. Una toma. - Él salió de la oficina camino al ascensor, pero volteó a ella- Llantas quemadas. Cariño, no se puede más así. ¿Qué pasa? - suplicó.

- Nada, ¿por eso escandalizas tanto? - preguntó -. Ya sabíamos que iba a pasar eso. - ¿Me estas cargando? - Eva se cruzó de brazos dejando a la vista el tatuaje que llevaba en su antebrazo izquierdo: Un triángulo isósceles sin colorear lucia en negro debajo de su codo-. Es una movilización peligrosa. ¡No podemos quedar tan mal enfrente de los accionistas!Máximo cubrió su cara con una de sus manos.- No te preocupes. Estoy al tanto de todo y voy a solucionar todo, como siempre- la tranquilizó. - A ver, - se retorció el cabello - capo de la vida, ¿Cómo vas a hacer? ¿Vas a llamar a uno de tus hombres?- No - negó - voy a... no sé - anunció volteando al ascensor. Al abrirse las puertas apareció su hermano al otro lado. - Hola - saludó - ¿Qué haces? - ¿Qué te paso? - exclamó observándolo horrorizado. - ¡Qué asco! - Soltó Eva - ¿qué te pasó? - ¿Venís de evangelizar en el barro? - inquirió su hermano.Tomás miró su ropa la cuál delataba que había estado trabajando, y explicó:- No. Es un poco de mugre, no más. Estuve levantando unos techos con una gente porque se vinieron abajo anoche.Máximo chasqueó los dedos.- Ah, con razón me vino un pedido de autorización de materiales de parte del corralón, era para eso.- Sí.- Ah, mirá vos. Estabas levantándole los ranchos a los monos - se burló. - No, Para, para - lo detuvo su hermano - ubícate. Primero que no son ranchos, y la gente humilde que vive en ese barrio no son monos. ¿Está bien? Y segundo -, prosiguió - que el dinero de la empresa también es mío - le recordó.- Claro - concordó-. Entonces si al hippie, cura, de mi hermano se le ocurre alimentar a todos los pobres hay que vender hasta esa planta ¿no? - preguntó señalando la planta decorativa que se encontraba a un metro de ellos. - No seas salame. Máximo abrió mucho sus ojos. - ¿Yo soy salame? Acá el único salame estas siendo vos. - Ey, bueno - los detuvo Eva, a quien no le agradó para nada que Máximo llamara "Hiippie" a Tomás - . Por favor, ¿Por qué no entramos a la oficina a hablar todo esto? - Si - asintió Máximo - ¡vení! - exlcamó.- Sí. "Vení, vení" calma un poco el tono - soltó Tomás.

# Capítulo Trece

Capítulo Trece.

La situación estaba hartándole. Ya no solo no le agradaba, si no que cada vez le desagradaba más.- ¡Quiero mi parte! - Reclamó a su hermano quien estaba parado frente a él-. ¡Quiero lo que me corresponde!- ¡Mirá qué bien! Hace cuatro años que te fuiste - le recordó cerrando la puerta de su oficina -. Hace cuatro años. ¡Volvés solamente porque querés dinero!- Quiero usar la parte que me corresponde para lo que considero importante - explicó mientras Máximo tomaba asiento. - ¿Y eso vendría a ser...? ¿Regalársela a los pobres? - inquirió.- Si - asintió glacial-. ¿Yo te cuestiono que cambies el auto importado cada seis meses o que te vayas de vacaciones al mejor hotel de Miami? - preguntó. - No tenés derecho a hacerlo. Ahora - lo detuvo - intuyo que detrás de este acto reivindicatorio que estas teniendo hay algo más...- Intuís muy bien - confesó -. Quiero presidir la fundación - anunció orgulloso - y le quiero devolver el subsidio al convento. Máximo bramó. - Sos lo más tenaz que conozco, ¿te das cuenta? - Mucho gusto - le tendió una mano - ¿Cómo te va? Tomas Ortiz, tu hermano - se presentó.- El de siempre - acotó soltándole la mano. - Por supuesto - Sonrió. - Explicame cómo vas a hacer para ocuparte de todo, porque en unos días te vas a la selva a internarte ahí con los tobas ¿no es así? - No son tobas - soltó exasperado.- Bueno - se encogió de hombros - wichis...- No te hagas el gracioso-. Tomas apoyó sus manos sobre el escritorio-. Lo voy a hacer igual, a la distancia - explicó -. Cada tanto voy a venir a controlar. - Mataría por ver cómo vas a hacerlo. - Si, y me gustaría darle un marco formal a todo esto.- ¿Marco formal?- Si, que haya un escribano de por medio y algún medio de prensa- explicó.- ¡No puedo creerlo! ¡Después de Eva sos la persona más rompe bolas que conozco!- Quiero darle mayor visibilidad a la fundación. Aparte, pensá un segundo - pidió- esto le conviene a la empresa, te conviene a vos. No te vendría mal tener una imagen un poquito más solidaria. Es sentido común y marketing. - Permiso - Eva irrumpió abriendo la puerta y Máximo se preguntó cuánto tiempo llevaría allí detrás, ya que su novia era especialista en entrometerse en conversaciones ajenas -. Perdón que interrumpa - observó a Tomas-. Tomi tenés una llamada. - ¿Quién es?-Graciela Peréz - susurró.Él tomó el móvil y lo llevó a su oído. - Hola.- Hola Padre, soy Graciela la madre del Lola del "Barrio Amanecer", los que se le vino el techo abajo- habló una mujer de nariz prominente y anchas caderas, llevaba puesta una calza negra y una remera a tres colores. No se parecía en nada a su hija.- Ah, sí. ¿Cómo anda? ¿Qué necesita? ¿En qué la puedo ayudar? - preguntó encantado. - No, usted ya nos ayudó mucho. Llamaba para agradecerle - explicó la mujer -. Usted es un santo, Padre. Si no hubiera sido por usted no sé qué habríamos hecho... - No hay nada que agradecer - la detuvo -. Ya le dije a su hija que va estar todo bien y así va a ser. - Muchas gracias - sonrió.- Hago lo que puedo.- Ya es mucho. Bueno, no lo molesto más. Solo quería agradecerle - su hija se paró a su lado y cruzó sus brazos al oírla hablar por teléfono -. Que dios lo bendiga. Adiós. Observó a su hija. - ¿Ves? Así se trata a la gente. Les dorás un poco la píldora y se siguen portando bien con vos. Lola negó con su cabeza, decepcionada. - No paras vos ¿eh?- Ay, nena - suspiró alejándose de ella.

Sobre la combi, camino al convento, las hermanas venían discutiendo sobre la presentación del coro, cuando Esperanza oyó su móvil sonar. Sin que Clara lo notase, observó la pantalla.

Para: Esperanza.De: Miguel. ¿Dónde te metiste?

Leyó el mensaje y volvió a guardar el teléfono ignorando el nudo que se había formado en su estómago. Desde que había llegado no se había permitido pensar en él y así continuaría, por el momento su seguridad y así mismo la de Miguel, eran más importantes.Oyó la conversación de las hermanas intentando distraerse, y para conseguirlo, decidió acotar. - Eh, chicas - irrumpió intentado apaciguar a situación - no es para tanto. Ahora yo pienso que fue una combinación entre sus desafinadas y el tema, era un embole... - Todas voltearon a observarla sorprendidas ante su comentario.- ¿Perdón? - Querida - Genoveva la observó por el espejo retrovisor - discúlpame pero, es la segunda vez que te escucho decir una cosa así. ¿Recién llegas y ya te crees que tenés derecho para decirnos como se hacen las cosas? - volteó a observarla quitando la vista de la carretera.-¡Cuidado! - el grito de Beatriz le devolvió la mirada al frente, pero ya era muy tarde, ya que a pesar de pisar el freno, no pudo evitar que la combi se estrellara con un Chevrolet gris.

El conductor sostenía un trapo contra su cabeza, por suerte, se trataba solo de un rasguño mientras Genoveva saltaba a la defensiva.- ¿Pero cómo se atreve a decirnos cosas así a mujeres que estamos casadas con Dios?- ¿Pero por qué no se quedan en el convento rezando en vez de salir a la calle? - Ah, muy bien - soltó sarcástica - un aplauso para el caballero -. El hombre levanto una ceja mientras Suplicio le observaba la herida, no era grave-. Un aplauso a ustedes, los que se creen que las monjas no tiene que salir a manejar. - Igual, una mujer manejando, imagínate un monja...- acotó Nieves. - Espero que tengan un buen seguro. - Por supuesto- asintió Genoveva - Beatriz, anda a buscar los papeles - ordenó.En la parte trasera de la Combi, Clara le quitaba el velo turquesa a Esperanza mientras Diana sostenía una botella de agua oxigenada y algo de algodón. - Sacate esto. Fue tan fuerte el impacto.- No es nada, no es nada - anunciaba mientras ayudaba a Sor Clara a quitarle el velo de la cabeza. Cuando levantó la vista, Diana le ofreció un algodón con agua oxigenada -. ¿Pero para qué? - inquirió -. No estoy sangrando, fue el golpe, nada más. Clara se aproximó a ella a observarle el cuello con delicadeza. - No es nada - sentenció.

Tomás se detuvo frente al escritorio de la Madre Superiora con una sonrisa. - Mañana mismo le devolvemos el subsidio. Vamos a hacer una reunión en la empresa para hacerlo de manera oficial. Va a estar Máximo, también para que elimine la perezas, me gustaría que esté todo bien. Es buen tipo mi hermano - lo defendió. - Me parece perfecto, Padre - asintió Concepción con una Sonrisa. - Me alegro mucho.- También quiero agradecerle, - sonrió - que volví a creer en la gente por usted. - Me parece muy bien. - Y un favorcito más le voy a pedir…- Acá - se palmeó el torso - al pecho. ¿Qué pasa? - se inclinó sobre la silla apoyando sus brazos en esta, totalmente dispuesto a escuchar.- Gracias. Desde que se murió el Padre Juan, - comenzó - nosotros no tenemos párroco en el convento -Tomás asintió -. No tenemos misa, las chicas no se pueden confesar y este es mi último año en el convento. Por lo tanto, a mí me gustaría dejar todo organizado, en buenas manos.- Entiendo por dónde viene - sonrió -. Sabe lo que pasa…En ese momento, la puerta del despacho se abrió y Lola ingreso corriendo. - Madre, perdón que entre así. Pero llegaron las monjas y están de un humor bastante particular porque no les fue muy bien en el concurso - se rascó el cuello.- ¿Cuántas veces te dije que no se entra así al despacho de la Madre? - la regañó. - Perdón…No había terminado de disculparse, que otra hermana entro corriendo en el despacho. - ¿Pero qué pasa?- Madre, perdón - se disculpó -. Padre - saludó -. Madre, chocaron la camioneta - anunció.- No, - se lamentó Concepción. - Sí. Están todas bien, pero hay un tema con el seguro, no sé si quiere venir a ver…- ¿Las acompaño, quieren? - ofreció el Padre.- Los papeles del seguro están en la camioneta, - anuncio Concepción mientras salía del despacho. - Tomás - lo detuvo Lola antes de que este saliese -, yo te quería decir… Que tengas cuidado con mi mamá.Él frunció el ceño.- No es una mala mujer, para nada pero es bastante complicada. Así que, no le des mucha bola…- Bueno -asintió aun sosteniendo la puerta por la que había salido Concepción - te entendí no te preocupes. ¿Sabes lo que voy a hacer? - se inclinó en el escritorio y tomó una lapicera -. Te voy a dar mi teléfono, cualquier cosa me llamas. No lo dudes. No tengas vergüenza, nada. Conmigo esta todo más que bien - sonrió tendiéndole el papel.

El alboroto que formaban las monjas fuera del convento intentando explicar a la madre superiora lo ocurrido, era peor que lo que harían niños peleando por un juguete.- ¿Estas bien? - preguntó Clara tendiéndole una mano a Esperanza para que bajara de la camioneta. - Estoy bien.- ¿Qué pasó? - Concepción dejó de prestar atención a lo que ocurría delante de la combi y corrió hasta Esperanza. - Estoy bien - la tranquilizó -. No pasó nada. ¡Ay! - exclamó cuando vio a Tomas acercarse a la camioneta. - ¿Esperanza, estas bien? - la observó él. - Si, no es nada. Es solo un tirón - se frotó el cuello.- ¿Segura? - ella asintió -. Bueno, si están todas bien yo me voy yendo…Tomás no pudo completar la frase ya que atajó a Esperanza en su brazos cuando se derrumbó. - ¡Ay Esperanza! - gritó la hermana Clara. Él la alzó en brazos, su cuerpo delgado no le resultaba para nada pesado, y se dirigió dentro de convento. - Yo dije que había que llevarla a la guardia - anunció Nieves mientras entraba tras el Padre. - Por acá - Suplicio abrió la puerta de la habitación y Tomás entro con Esperanza en brazos. La hermana acomodó los almohadones y cuando la hubieron dejado sobre la cama se dirigió a la cocina, en busca de hielo. Tomás se sentó sobre la cama a su lado. Cuando Esperanza abrió sus ojos lo primero que vio fue su mano debajo de la del Padre. - Ey - levantó la vista y se encontró con un par de ojos azules que la observaban preocupados -. Hola, ¿estás bien? - Hola - masculló con una pequeña sonrisa en sus labios. - ¿Te sentís bien? Lo observó. La camisa de manga larga, el pantalón, el cinturón y los zapatos negros, todo destacando su bella y esbelta figura y a su vez resaltando aquel pasa cuellos color blanco. Que dura era la vida.- Si, si - susurró.- Menos mal, porque me preocupe mucho.- Bueno, es cura. Se debe preocupar igual por todos. Tomás la observó un segundo, sus ojos castaños era curiosos.- No, por todos igual no.

# Capítulo Catorce

Capítulo Catorce.

- ¡Ay que bueno que reaccionó! - Concepción apareció con una sonrisa.- Si, - ella se sentó en la cama - fue el momento. - ¡Hielo! - entró Lola con una bolsa de hielo en su mano. - Al fin, ¿Qué estabas haciendo? - la regañó Sor Clara.- Perdón, tarde porque hay alguien que usa el hielo y no llena la hielera - se atajó la joven. - Estoy bien - anunció Esperanza mientras Clara se sentaba a su lado y le sostenía el hielo en la cabeza - Gracias chicas, estoy bien - hizo ademan de levantarse pero Clara la detuvo. - No, no estás bien.- Pero no tengo nada. - ¡Esperanza! - la regañó Clara. - ¿A usted le parece Padre? ¿Chocar así?- le preguntó la Madre Superiora a Tomas quien se había distraído observando a la joven, era extraño que se recuperara de un desmayo con tanta velocidad, aunque no era precisamente eso lo que más atraía su atención. Mientras tanto Clara, quien sostenía el hielo en la nuca de la joven, le apartó el cabello para no mojárselo y quedó estupefacta al ver una pequeña mancha de nacimiento en el cuello de Esperanza, algo que a simple vista parecía ordinario a ella le resultó increíble. - ¿Estás bien? - la observó Esperanza al ver que la mujer se había quedado como si fuera de piedra. - Si - suspiró -. Tengo un calmante que te puede ayudar - anunció intentando zafar de la situación -. Lo voy a buscar - suspiró saliendo la habitación.Lola tomó el hielo y ocupó su lugar. - Ahora acostate y descanzá un poquito- ordenó Concepción.- Permiso - pidió Tomás abriendo la puerta -. Ahora vuelvo.

Máximo abrió la puerta del departamento y la sostuvo para que Eva entrara. - Cinco minutos- rogó mientras ella pasaba -. Cinco minutos te pido sin limarme la cabeza, por favor.- Cariño, por favor lo único que te pido es que no me trates como una pesada porque es lo único que me faltalloró Eva -. Lo que te quiero decir es que si vos a partir de ahora le decís todo que sí a tu hermano...- Yo no le digo todo que si a mi hermano - interrumpió y ella puso los ojos en blanco - Para nada. Lo que pasa es que ahora Tomas tiene razón. ¿Vos no estabas preocupada por el quilombo de La Merced? - Preguntó dejando sus llaves sobre la mesa- ¿Y qué van a pensar sus accionistas?- Si - asintió muy despacio.- Bueno, esta es la mejor manera para limpiar la imagen...Eva lo considero un segundo.- No lo sé. - A ver si me seguís - Máximo se acercó a ella-. Mientras los operarios hacen quilombo en la planta yo me muestro caritativo con las monjitas. Salen un par de notas en la televisión, otras en el diario y ya está. ¿Quién va a pensar mal de alguien tan comprometido? - inquirió. - No, no sé - volteó.- Dale, por favor - rogó Máximo -. Necesito que me apoyes en esta - la envolvió por la cintura con sus brazos-. Por favor, cámbiame la cara. Dale.Se acercó a besarla.- Cariño, por favor estoy de mal humor. Déjame tranquila. - Máximo la estrecho contra si-. ¿Sabes que es lo que me vendría muy bien ahora? - Si, - sonrió él - ¿Sabes que te vendría muy bien ahora? - sonó juguetón.- Una clase de Pilates - anunció ella. - No, pero conmigo - la observó el.- Con mi profesor... profesora - se corrigió.- ¡Profesora! - la observó-. Si no, se armaba.

Con una vela entre sus manos, Sor Clara se aproximó a la estatua de la Virgen que se encontraba en el patio del convento, donde se hacían los recreos del colegio y ensayaba el coro de monjas. Lo apoyó a los pies de la Virgen y juntó sus manos. - Hermana Clara - habló Tomas tras ella.-

¿Padre? - Disculpe que la interrumpa - guardó su mano en un bolsillo.- ¿Necesita algo?- se aproximó.- ¿Esta bien? Clara observó el suelo.- Sí. Solamente estoy un poco tensa por el choque, pero estoy bien.- Bueno, mejor así - sonrió.- Gracias. Permiso - se despidió.Tomás levantó la vista hacia la figura de la Virgen con el niño en brazos y preocupado, observó cómo Clara se alejaba. Sin decir nada más se dirigió dentro del cuarto de Esperanza, donde tomó su morral. - Bueno, me voy yendo. ¿Necesitan algo? - preguntó observando a Esperanza, quien no había vuelto a ponerse el velo, y a Lola. - Si,- respondió Lola - disculpa ¿no te podrías ir a fijar si llegó el médico, por favor? - Si - asintió.- ¿Para que llamaron al médico? - insistió Esperanza.- ¿Viste el golpe que te pegaste? - preguntó Lola.- Si, pero no fue nada. Estoy bien, en serio. - Que te lo diga el médico si estás bien - interrumpió Tomas.- Estoy bien, no quiero decirlo más - exclamó como una niña pequeña - ¡No sé ni para que me pongo esto! - arrojó el hielo a los pies de la cama. - Si no te agarraba te quedaba el rostro en la nuca - le recordó Tomas. - Me agarraste - espetó y él sonrió -. Digo, me agarró, justo. - Si - sonrió Tomas y desvió la mirada al suelo. - ¿Quién le dio el registro a Genoveva? - cambió de tema - ¡Malísimo! ¡Qué miedo!- Si - concordó Lola cruzándose de brazos-. Yo me pregunto lo mismo cada vez que tengo que subir a esa camioneta. - Nunca más me subo a algo que tenga ruedas esa mujer - anunció cruzada de piernas sobre la cama. Tomás y Lola rieron. - Disculpa, ¿no te podrías ir a fijar si llegó el medico? - insistió Lola a Tomás aun con una sonrisa.Cuando Tomás hubo salido Lola observó a Esperanza. - ¿Esta bueno el curita no? - inquirió. - Si - asintió Esperanza aun con la vista fija en la puerta por la que Tomas había salido - un garrón.- ¿Un garrón que? Que él sea cura y vos seas monja... o que este fuerte - Esperanza la observó. - ¿De qué me hablas? - entornó los ojos, confundida -. No sé de qué me hablas. Estoy pensando en lo que pasó. Pobrecitas las chicas, con el concurso...- Claro, claro - concordó Lola con una sonrisa.

Sor Clara entró corriendo en el despacho de la Madre Superiora y esta la observó preocupada. - ¿Cómo no me lo dijo? - Acusó cerrando la puerta-

¿Cómo no me lo dijo?- Ay, por favor - pidió Concepción -. Tranquila, sentase. ¿Qué cosa no te dije? - preguntó haciendo un gesto a Clara para que tomara asiento. - Le estaba por poner hielo en el cuello a Esperanza y de repente... -vaciló - tiene la misma mancha de nacimiento que yo. ¿Esa chica es mi hija, no? Concepción bajó la mirada a su escritorio.- Yo sentí algo la primera vez que la vi. ¡Esos ojos! Tiene la misma edad, no puede ser coincidencia - exclamó resaltando todos los datos que por fin habían tomado forma-. ¡Madre dígame! ¿Es mi hija? Concepción la observó con los ojos cargados de pena. - Si, Clara. - ¿Y por qué no me lo dijo? - Soltó al borde del llanto - ¿Por qué me mintió de esa manera? ¿Por qué no me lo dijo antes? - sonaba exasperada.- Porque no podía - mantuvo la calma - Estaba esperando...Golpearon la puerta y el Padre Tomás apareció tras ella. - Madre, disculpe.- Si, adelante.- Disculpe, ¿interrumpo algo? - las observó a ambas.- No, Padre para nada. - Venia a avisar que llegó el médico. Está revisando a Esperanza, está todo bien. Así que, bueno ya me iba - observó a Clara quien pidiendo disculpas salió del despacho. - ¿Está todo bien, Madre? - preguntó preocupado. - Si, está todo bien. Ahora voy a ir a ver cómo está la nena. - No creo que sea nada grave. - Seguramente. - Bueno - juntó sus manos - la dejo tranquila. Me voy. Acuérdese que mañana nos encontramos en la empresa para la reunión. - Si, - sonrió - Gracias por todo. Descanse. - Igual - se retiró sin nada más que decir.

# Capítulo Quince

Capítulo Quince.

Revolvía su taza de te mientras observaba a su hermano, quien tenía a su novia en brazos. Llevaba la ropa negra que había usado durante el día y el cuello clerical colgaba de uno de los extremos de su camisa. Su aspecto resultaba despampanante. - Entonces lo primero que hacemos mañana cuando se va la prensa es subir todo a internet - anunció Máximo.- Esta bien - aceptó Tomás consiente que el único interés de su hermano por todo esto era la prensa -. Igual me gustaría manejarlo con discreción.- Pero, fue una idea tuya...- Sí. Si, lo que pasa es que no quiero que se pongan incomodas las hermanas - excusó - son monjas, no son estrellas de rock. - Las voy a hacer sentir como en su casa.- Está muy bien - recobró la seriedad - Podemos hacer un montón de cosas con la fundación. Hay muchísima gente que necesita una mano y ese fue el objetivo de papá cuando la creo. - Totalmente- asintió Máximo fingiendo interés-. Convengamos que pasaron treinta años - le recordó - del objetivo de papa. Que se mantiene - aclaró - pero, ahora le sumamos la tecnología...- Igual, manejémoslo con cuidado- pidió dejando su taza sobre la mesa.- Como digas.- Chicos, me voy a dormir - se frotó las piernas - fue un día muy largo. Que descansen.- Vos también - respondieron Máximo y Eva cuando Tomás dejaba la habitación. Cuando se hubo retirado, Eva se abrazó a su novio.- ¿Preparo más café para nosotros? - No - negó el con la cabeza y la observó -. Quisiera hacerte una pregunta. - Pregunte - aceptó ella.- ¿A vos te sigue gustando mi hermano, no? Abrió mucho sus ojos y sonrió.- ¿Perdón? - ¿Perdón, de que te reís? - inquirió Máximo.Ella soltó una carcajada. - Me río de tu pregunta...- Yo no me río - irrumpió -. A mí no me causa la más mínima gracia. ¿De qué te reís?- A mi si me causa gracia porque tu hermano es cura - le recordó resaltando la palabra "cura"- . Ya fue, no hay chance. - No me estas contestando lo que te pregunté.- Mi amor, no hace falta que me preguntes eso. Yo soy toda tuya - se acercó a besarlo.

En la cocina del convento, un lugar amplio, pintado de unos lindos colores pastel, Clara revolvía frenéticamente su taza de té, cuando Concepción entró.- ¿Puedo sentarme con vos? - preguntó cuándo acabó de prepararse su taza.- Si - respondió con la mirada perdida. Era como si no se encontrara en ese lugar o en ese momento, parecía que estuviera a cientos de años luz.Concepción tomo asiento a su lado. - ¿Usted lo tenía todo planeado? - Preguntó al cabo de un rato -. Si no, no se entiende...- Por favor, Clara - suspiró Concepción - ¿Cómo pensás que yo puedo tener planeado algo y no te lo voy a decir? » Te explico - comenzó - Blanquita, la madre adoptiva de la nena, enfermó gravemente y murió. ¿Dónde iba a ir esta pobre criatura? - preguntó -. Acá. - Si, pero ¿justo tiene que aparecer ahora después de tantos años?- Sabes que los caminos del señor son infinitos - Concepción tomó su mano-. Yo creo que ustedes tienen que hablar, pero hay que buscar el momento. - No, eso nunca va a pasar - negó Sor Clara- Ella no tiene que saber que soy yo. - ¿Por qué?- Porque sé que nunca me va a perdonar - confesó, recordando las palabras de la joven-. Porque siento que me odia.- Clara - suspiró - ¿pero cómo te va a odiar si no te conoce? En chiquita - le recordó -. Deja. Dale tiempo al tiempo. Ya va a llegar el momento.- No, - irrumpió - no va a llegar nunca. Por favor Madre, prométame que no se lo va a decir - rogó-. Que ella no va a saber que soy su madre. Por favor - juntó sus manos- se lo pido por el amor de Dios. - Este bien - asintió desilusionada -. Te lo prometo.

Tomás se dejó caer en la cama, pero a pesar de que estaba cansado el sueño nunca llegaba. Cada vez que cerraba sus ojos las imágenes del día volvían a su mente."- Bueno, mucho gusto, Julia na""- No te estas confundiendo, soy sacerdote.""- Hermoso nombre, Esperanza"Los recuerdos a floraban en su mente, como nunca antes había ocurrido. Al cabo de varias vueltas en su cama, se puso de pie y tomo su rosario."- ¿Te sentís bien? - Sí.- Menos mal, porque me preocupe mucho."Y caminó hasta el ventanal de su habitación. "- Menos mal, porque me preocupe mucho.- Bueno, es cura, se debe preocupar igual por todos.- No, por todos igual no."Juntó sus manos y comenzó a rezar.

Esperanza se puso de pie, y sin despertar a Diana y a Nieves, con quienes compartía habitación, salió de allí. Sin hacer ruido, se dirigió a la cocina y se inclinó en uno de los estantes color verde pastel, en busca de algo que comer. - ¿Esperanza? - oyó y casi acaba en el suelo.- ¡Ay, que susto! - susurró más tranquila al ver que se trataba de Clara. - ¿Qué haces? - preguntó la mujer acercándose a ella. Llevaba una bonita bata color rosada.- Estaba buscando algo dulce - anunció levantando una tableta de chocolate que había encontrado.- No- negó Clara - acá tenemos un régimen: Comemos en el horario de la comida - ordenó tendiendo una mano -. Dame eso.- Si, entiendo - respondió -. Pasa que muero por algo dulce ¿no me lo puedo quedar? - rogó. - No, dame eso - ordenó y Esperanza cedió -. Primera regla. - Vamos - anunció - soy nueva. No conozco las reglas. Un pedacito.Clara volteó hacia el refrigerador y sacó un tupper color verde con dos platos dentro, uno con membrillo y otro con queso. - De eso estaba hablando - sonrió Esperanza y Clara le devolvió la sonrisa. Tomó un cuchillo de uno de los cajones y sirvió un pedazo de queso y otro de membrillo en partes iguales, cuando hubo acabado lo tendió a la joven.- Muchas Gracias - sonrió- ¿Sabes que cuando era chica y tenía un día raro o triste mi mamá me preparaba algo dulce a la noche? Dos mimos y caía dormida. Me quedó la costumbre - se encogió de hombros. Clara sonrió.- ¿Y por qué te hiciste novicia? Se encogió de hombros. - Es una pasión que viene de chica. Es algo que uno siente, es el llamado que te llega-. Respondió llevándose el tenedor a la boca- Yo cuando era chica me ponía una sábana e iba a hacer los mandados - inventó-. Cuando me preguntaban que quería ser de grande respondía: Monja. - Bueno, pero tenés que estar muy segura para tomar esa decisión ¿lo estás?Meneó la cabeza. - Sí. - Mmm... - pensó Clara - ese "Si" no sonó muy convincente.- No, porque estoy probando - explicó -. Soy novicia recién. Una cosa es imaginarlo, otra vivirlo. - Si, - vaciló -. Te quería decir algo: Nosotras no tuvimos un buen comienzo en la puerta y sos media atolondrada... Lo que te quería decir es que podes contar con migo para lo que necesites. Una sonrisa escapó de los labios de Esperanza, quien quedó conmovida por las palabras de Clara y entonces, echo de menos a su mamá. - Gracias - sonrió-. ¿Y vos? - Preguntó centrando su atención en su plato, dispuesta a cambiar de tema-. Me dijiste que te volviste monja por un error y no me llegaste a contar.- Si, pero es una historia larga y complicada...- Bueno, todos tenemos historias complicadas. Me podes contar ¿tus papás? - preguntó curiosa.- A mi papá, lo dejé de ver antes de entrar al noviciado y mi mamá, nos abandonó cuando yo era muy chica. - Ay - suspiró ella -. Te hice un montón de preguntas, discúlpame-. Se puso de pie -. Disculpame- pidió -. Perdón.Se puso de pie lamentando ser tan curiosa y cuando iba a alejarse camino a su habitación, Clara la detuvo.- Esperá - se acercó a ella y la observó -. Tenés los ojos re parecidos a los de mi papá - sus ojos se cubrieron de lágrimas - Apagá la luz cuando termines - pidió cubriendo su rostro para que Esperanza no lo notara y se retiró de la cocina, dejando a la joven confundida y sin comprender demasiado. Ni bien Clara hubo salido aparecieron Nieves y Diana en a puerta. - ¡Acá esta! - exclamó Diana aliviada.- ¿Sabes que no se puede andar por el convento después de las diez? - preguntó Nieves. - ¿Se fue llorando Clara, no? ¿Pasó algo? Esperanza se encogió de hombros. - ¿Qué son todas esas preguntas? Quería algo dulce y ella me lo preparó. ¿Es una cárcel esto? - preguntó tomando su plato y salió de la habitación.- ¿Te lo vas a llevar eso? Al cuarto no - advirtió Diana, pero ya era muy tarde la joven no volvería a dejarlo.

Vestía la remera blanca y su pantalón de dormir. Sin su rosario y su pasa cuellos parecía un joven normal, quien pronto se casaría con una bella chica y formaría una hermosa familia, aunque eso jamás entraría en sus planes debido al camino que había escogido.- Me faltó canela, pero le puse doble chocolate, como te gusta - anunció Juana, mientras él recogía la taza de la mesada. - Sos tan linda - sonrió Tomas.- ¡Ay, como te extrañé! - exclamó la mujer cubriendo su cara, Juana trabajaba con ellos desde que Tomas era muy pequeño, ya era parte de su familia y desde que habían muerto sus padres, Juana y su hermano eran toda la familia que le quedaba. - Ay, yo también te extrañé - le tendió una mano - mucho.Ambos tomaron asiento en la mesa. - ¿Sabes hace cuanto que no tomo un capuchino? - pensó-. Como Cinco años.- Y claro, capuchino como el mío no hay - sonrió mostrando sus bonitos dientes blancos, tendría la edad como para ser su madre, o quizá más, cabello oscura y contextura robusta.- No, no hay otro para mí. No existe - concordó - Este es el capuchino - alagó mientras se pasaba el rosario por el cabeza. Había estado rezando en su cuarto durante un rato y cuando salió en busca de un vaso de agua se había encontrado con Juana. ¿Quién lo diría? Era como si la mujer hubiera sentido que él no podía dormir, ya que allí cerca de la media noche, estaba levanta a su lado. Juana lo observó.- Tan seductor, tan encantador. Demasiado para cura - frunció sus labios. Tomás rió.- ¿Cómo estás? - Como el... - sacudió la cabeza - no mentira - bromeó -. Mejor me perjudico. ¿Y vos, como estas?- Muy bien, - se llevó la taza a los labios - excelente. Haciendo carrera de acá para allá. - Acá esta todo raro - le contó -. Tu hermano y la otra viven peleando. - Bueno, pero ¿Cuándo no pelearon? Es su historia. Funcionan así.- No sé, bah en fin...- Dejalo ahí - concordó.- Vamos a Papa. Toda la ficha a ser Papa.- ¿Te gustaría que sea Papa? - preguntó Tomas sorprendido.- Sii- soltó como si fuera obvio -. Quiero ir con la pancarta a Roma... Sale el humo blanco.- Un Papa de Boca. El Papa bostero - bromeó él. Ambos rieron. - Yo te admiro tanto, Tomas - confesó Juana -. Yo no creo que seas cura. - ¿No? - No. Mira que rompiste con eso - recordó -. Pero yo pensaba: Un chico tan lindo - Tomás rió - ¿Qué va a renunciar a todo para consagrarse a Dios? - Él se encogió de hombros -. Tu madre estaría tan orgullosa con esa decisión. Recordó a su madre y una sonrisa asomó por sus ojos. - Tu padre no, él hubiera preferido otra vida - reflexionó la mujer-. Otra.... Ay - se agarró la cabeza - Cuanto paso del accidente. Tanto tiempo.- Mucho tiempo - masculló-. Los extraño, - admitió-. Todavía es como si no hubiera pasado mucho tiempo - se ahogó con sus propias palabras.Juana se paró a abrazarlo.- ¡Ay, las mujeres! - cambio de tema -. ¡Las feligresas! Como te deben echar los galgos. - No, - sonrió él -.Son muy respetuosas, se ubican muy bien las chicas. - Si...- Te salió mejor que nunca - cambió de tema refiriéndose al capuchino -. No te puedo explicar lo que lo estoy disfrutando.- Bueno, esto va con una masita de membrillo y harina integral que te hice.Tomás miró su muñeca, con si tuviera un reloj en ella.- ¿Qué estas esperando? - rió.

# Capítulo Dieciséis

C apítulo Dieciséis.

- Concentrémonos - masculló Sor Genoveva a Beatriz mientras desayunaban en la cocina con todas las hermanas a su alrededor. - Igual no es momento, porque está durmiendo... Esperanza golpeó una taza contra la mesa y ambas la observaron. - ¿Qué?- preguntó quitándose los audífonos de las orejas- ¿No se puede escuchar música acá? - No. No se puede escuchar música y espero que no hayas estado escuchando música que no afecte al señor- la regañó Genoveva. - No, no.- Esperanza - la llamó Suplicio- con la Hermana Nieves y la Madre, pensamos que podrías encargarte del libro de firmas del colegio. ¿Qué te parece? - Si -asintió.- Bueno, vamos. Seguíme que te muestro.

Esperanza entró en un curso y le entregó el libro de firmas a la profesora que se encontraba dentro.- Muchas gracias, ¿vos sos la nueva novicia, no? - preguntó la mujer de cabello medio rojizo. - Si- sonrió - Esperanza. - Bueno, bienvenida. Yo soy Cinthia - se presentó -, la profesora de Matemática. Cualquier cosa que necesites podes avisar. - Bueno gracias - saludó retirándose.El móvil de la mujer vibró.- Esperanza - la llamó y ella se volvió - disculpa la molestia. ¿Te podrías quedar un ratito? Tengo que atender un llamado. - Sí, claro - se encogió de hombros.- Chicos, vayan viendo el problema que deje en el pizarrón, anoten dudas - anunció y en el momento en que la profesora salió el aula se volvió un caos.- Ey, - exclamó Esperanza al joven de cabello medio rubio y ojos castaños que se había sentado sobre un banco y había iniciado la charla: Federico, lo habían llamado - Chicos. Golpeó el pizarrón con su mano, pero nadie prestó atención. - Chicos - gritó y todos voltearon-. Hola ¿Qué tal? Estoy acá. Soy Esperanza - se presentó. - ¿Qué le pasa a la monjita esta? ¿Está loca? - preguntó un joven de cabello castaño en el aula y todos rieron.- ¿Cómo? Dígalo fuerte que no se escucha.- No que... la monjita está un poco loca - respondió.- No estoy loca y no soy monjita. Soy novicia - corrigió -. No sé si ves el color de mi cofia. - Bueno, cofia, después nos explicas ¿querés? - preguntó Fede y volvió a voltear. - Escuchame, lo del viernes hay que arreglarlo bien...- Ey, cancherito - lo llamó Esperanza, no permitiría que un niño se burlara de ella, por más que se encontrara en la situación más ridícula de su vida: vestida monja.- Para - la calló Fede- estamos organizando. - ¿Por qué no organizas esto? - Preguntó señalando la fórmula que la profesora había dejado en el pizarrón-. La ecuación.- ¿Tantas ganas tenés de hacerlo? Nos haces la segunda y nosotros lo copiamos. ¿Qué? - Preguntó - ¿No lo sabes? - ¿Yo, esto? Para mi es facilísimo, chiquito. - Para ella es facilísimo -. Se señaló - Mejor promedio de matemática, facilísimo.- ¡Me muero acá! - Exclamó- Discúlpenme ¿vos sos el mejor promedio con esa cara? Todos sus compañeros lo burlaron.- Ah bueno, - contraatacó Fede - Por supuesto que sí.- Bueno, pase al frente - ordenó Esperanza.

Eva y Tomas caminaban por los pasillos de la oficina de Máximo, cuando se sentaron sobre el sofá verde agua de la recepción de Corina.- Gracias - Eva apoyó su mano en el hombro de Tomas-. Gracias por convencerlo a Máximo de que siga colaborando con las monjitas - actuó-. Para mí, es indispensable que lo siga haciendo porque son unas copadas. Ayudan a la comunidad.- Gracias por apoyarme.- ¿Cómo no te voy a apoyar? Si vos siempre tuviste esa vocación de ayudar a la gente. - Sí, soy cura - aclaró - por eso.- ¿Qué onda? - soltó Eva mirándolo.- ¿Qué onda qué?- ¿Qué onda con eso de ser cura? Nunca me animé a preguntarte - él no había levantado la vista de unos papeles hasta entonces-. ¿Estás seguro que este camino que elegiste es el tuyo?- Por supuesto - respondió con total seguridad, algo que no se le podía cuestionar a Tomas era la vocación que había elegido-. Sí, pero...- ¿Pero qué? - irrumpió.- No, no. A veces no sé si el lugar donde estoy es el correcto. Quizá es por eso viajo tanto. No lo sé - admitió-. No sé si donde voy a ir ahora que me están esperando me va a gustar... No lo sé - se sinceró.Tomás volvió a concentrarse en sus papeles y Eva levantó la vista a un hombre de mediana edad, medio pelado con el poco cabello que le quedaba oscuro y una barba a dos colores. - Vengo a ver al jefe - anunció observando a Corina a través de sus anteojos de gruesos marcos. Máximo apareció abriendo la puerta de su oficina. - Deja Corina, yo me ocupo - hizo un gesto al hombre para que entrara y a quien Máximo llamaba "Abogado" entró tras él.

Frente al pizarrón Esperanza resolvía la ecuación de un lado y Federico lo hacía del otro. La velocidad de la joven con los números era destacable, aunque Fede también le hacía competencia. Toda la sala observaba impresionada, y las chicas rieron cuando Esperanza hizo algunos pasos de baile mientras acababa la ecuación. Entonces, se apoyó contra el pizarrón, y sopló la tiza restante. Dibujo un par de corazones y soltó un grito.- ¿Qué paso? - observó a Federico y todos aplaudieron. Festejaba caminando hacia atrás cuando se chocó algo. - Perdón, - pidió y su cara se puso pálida al ver que se trataba de la profesora.La mujer observó el pizarrón.- ¿Lo resolviste vos?- Eh, si- se paró junto al joven - con ayuda de Fede, el mejor promedio. Él se rasco la cabeza y asintió con una sonrisa. Salió del aula sin decir nada más, ya que la mujer lo había creído. Cerró la puerta y su móvil sonó dentro del bolsillo de su hábito.

Para: Esperanza.De: Miguel.Estoy yendo a Bueno Aires por trabajo. Cuando vuelva hablamos.

Guardó el móvil en su bolsillo y siguió caminando, ya se encargaría de eso después.

Máximo observaba a su abogado, más le valía al hombre tener un buen motivo para aparecerse allí. - Tengo algo importante que contarle.- Bueno, si tenés algo importante que contarme me mandas un e-mail, un mensaje de texto. Estamos en era de la híper conectividad - le recordó.El hombre apoyó sus codos sobre el escritorio.- Vos sabes que yo no uso ni mensajes de texto, e-mail ni nada de eso porque el teléfono lo uso para llamar y responder - dejó en claro-. Tengo noticias de la chica. - Contame.- Esta acá en Buenos Aires - anunció. - ¿En serio? - Se sorprendió - ¿Cómo sabes?- Lo sé porque tengo la cámara de la terminal, el video - explicó -. La chica tomó el micro de las once.- ¿Buenos Aires? - El hombre asintió -.La ciudad es grande, pero no puede ser muy difícil encontrarla. Poné todos tus recursos a trabajar - ordenó -. Quiero que la encontremos.

La hermana María montaba guardia parada fuera de la habitación, mientras Sor Beatriz y Sor Carmela registraban todo.- ¿Y? - preguntó.- Nada, nada. - Más vale que encontremos algo, porque Genoveva nos mata - le recordó Beatriz con una franela y un desodorante de ambiente en la mano, simulando que limpiaba, a su lado Carmela tenía un escoba y un balde con el mismo objetivo. Cuando María vio a Diana acercarse por patio cerró la puerta y golpeó con su mano. - ¿Disculpame, viste a la Hermana Nieves? - preguntó Diana. - No - respondió parándose delante de la puerta -. No, acá no está.- ¿Qué haces acá? - preguntó dulcemente.- Nada interesante - le restó importancia -. No, - detuvo a Diana cuando quiso entrar en su habitación -. No está acá. Te digo que no está acá, seguí con lo tuyo. - Vos no me vas a decir a dónde tengo que seguir - soltó Diana -. Este es mi cuarto, por favor correte - apartó a María y abrió la puerta. » ¿Qué hacen acá? - exclamó al ver a Carmela y a Beatriz dentro. Carmela sacó la cabeza de dentro del placar de Esperanza.- ¿Desde cuándo tenemos que darte explicaciones a vos? - respondió Beatriz con otra pregunta.- Desde que es mi habitación, hermana - le recordó.Entonces, la puerta golpeó a María y Esperanza apareció tras ella.- Perdón - pidió observando a María desconcertada - ¡Bueno estamos todas! - Exclamó al ver al resto-. ¿Qué corcho hacen en mi curato? - Soltó.- ¡Qué modales! - exclamaron Carmela y Beatriz al unísono intentando zafar de la situación. - Disculpame querida no estamos haciendo nada malo - continuó Beatriz.- ¿Por qué esta todo revuelto? - preguntó viendo todas las cosas esparcidas por el suelo -. ¿Qué están buscando? No entiendo.- Hoy es día de limpieza...Esperanza, quien había perdido la paciencia se acercó a ellas.- ¿Ya terminaron? Bueno, ¿Se pueden retirar por favor?- Si, por favor - concordó Diana y cerró de un portazo cuando hubieron salido. Esperanza se arrojó al suelo y frenéticamente sacó su mochila de bajo la cómoda. La abrió y revolvió dentro de ella, al ver el DVD se relajó.- Cuidate ¿sabes? - la observó Diana -. Son bravas. - Si, me estoy empezando a dar cuenta - levantó sus cejas. - Se quieren hacer cargo del convento - explicó Diana-. Ella ya te clasificaron de nuestro lado que somos las que defendemos a la Madre Superiora.- ¿Qué? - Preguntó Esperanza - ¿No la quieren a Concepción... digo a la Madre? - se corrigió.- No, ni un poco. Es más, - bajó la voz - la hermana Genoveva tiene un serrucho debajo del hábito: Ella sueña con ser la nueva ya que la Madre se está por retirar en unos meses.

# Capítulo Diecisiete

Capítulo Diecisiete.

Una vez finalizada su charla con Diana, Esperanza corrió al despacho de Concepción.- Estaban con baldes, escobas, simulando una limpieza - explicó.- Que extraño lo que me decís porque yo no mande ninguna cuadrilla para tu cuarto para que...- Es lo que te estoy diciendo - irrumpió - estaban simulándolo. Estaban revisándome las cosas. Tengo miedo que sospechen. - No -la tranquilizó Concepción quien conocía muy bien a dichas hermanas -, sospechar no. ¿Te faltó algo? - No. No me revisaron la mochila por suerte - volteó a la puerta para asegurarse de que no hubiera nadie - porque tengo esto - mostró el disco a la Madre - el DVD con los videos de mi mamá. Me mato si me lo sacan. Concepción cubrió su boca.- No, eso no. Dámelo - pidió.- ¿Dónde lo va a guardar? - se abrazó al DVD.- En la caja fuerte - se puso de pie y corrió un cuadro de la Virgen María dejando ver la caja fuerte.- ¿Es seguro? - preguntó -. Por favor, Madre.- Si, quédate tranquila - la tranquilizó -. Lo que no te voy a poder dar es la llave - explicó - Pero me lo pedís y listo. Abrió la caja y guardo el DVD dentro. - Muchas gracias, es muy importante para mí, en serio. Concepción colgó de nuevo el cuadro en su lugar y se llevó el dedo índice a los labios justo cuando la puerta del despacho se abría.- Permiso madre - apareció Clara.

- Si, adelante Hermana. - Le venía a avisar que ya tenemos que irnos a la reunión de Ortiz. - Es verdad - asintió Concepción -. Voy a buscar unas cosas...Esperanza levanto la vista.- Clara... Hermana Clara - se corrigió -, quería agradecerte por lo de ayer. De verdad - sonrió - me re cuidaste.- Si, acá todas nos cuidamos entre nosotras - sonrió Clara -. ¿Cómo está tu golpe? - preguntó.- Bien, - se encogió de hombros -. Soy cabeza dura - bromeó.- Acá llevo las carpetas del subsidio -anunció Concepción-. Bueno, vamos rápido porque nos va a agarrar el tránsito y vamos a llegar tarde. -. Se puso de pie, Clara y Esperanza salieron del despacho tras ella.

La Madre Superiora, las hermanas Genoveva, Suplicio, Clara y las Novicias Diana y Esperanza, estaban tras la mesa de cristal. Suplicio, Esperanza y Diana paradas a ambos lados de Eva, quien también estaba de pie y el resto l a ambos lados de Máximo y Tomás sentados en el centro.- Y es por eso que la comisión directiva de la empresa- continuó Máximo con todas las cámaras enfocando hacia ellos - decidió bridar a través de su fundación "Nuevos Caminos" un suculento apoyo económico - resaltó la palabra "Suculento" - al Convento "Santa Rosa" para que puedan continuar con tan importante labor que vienen llevando a cabo hace tantos tiempo y que tan bien le hace a toda la comunidad -. Relató su discurso sin creer una de todas las palabras que había pronunciado.- Muchas gracias, señores - agradeció Concepción.- No, por favor - levantó el Contrato - Una foto por acá - pidió acercándose a Concepción para que mirara a la cámara.- Tengo entendido que la fundación fue una idea de su padre - habló un reportero moreno con un anotador en mano.- Si, así es. La verdad es que, - habló a los cinco micrófonos que tenía sobre la mesa - nos dio mucho, muchísimo orgullo a la empresa - observó a Tomas - lo que más orgullo nos da, tanto para Tomás como para mi continuar con el legado nuestro padre siempre fue... siempre fue prioridad.Todas las hermanas se miraron, pero ninguna abrió la boca. - Incluso por sobre los negocios - concluyó. Le dio la palabra a Concepción.- Yo quería agradecer al Padre Tomas por haber intercedido a favor del Convento - destacó. - No hay nada que agradecer

Madre, - habló Tomás observándola con sus intensos ojos celestes. Llevaba una camisa azul, el rosario y el pasa cuellos destacaba en su vestuario -. Lo que hacen por la gente es un ejemplo para todos nosotros.- Si no les molesta - habló de nuevo el reportero - me gustaría hacer una foto de todo el grupo ¿Puede ser? Se acercaron todos y el flash voló de todas las cámaras.

Las hermanas bajaron del edificio con una sonrisa en los labios.- Un éxito la gestión, Madre - anunció feliz Suplicio.- La verdad, es una satisfacción saber que contamos con el apoyo de la fundación- concordó Concepción. - Sinceramente para mí, - habló Genoveva - son bastante miserables. - Hermana a mí me pareció muy generoso el cheque- habló Diana.- No estoy hablando del cheque, hermana estoy hablando de que estuvimos mucho tiempo ahí y no hubo un fernet, un whisky, algo, todo agua, agua fresca - se quejó.- ¡Pero no sea desagradecida! - la regañó Concepción. Esperanza miró hacia atrás desinteresada por la conversación de las mujeres y se encontró con que el Padre Tomás salía de s edificio y se dirigía a su auto. - ¡Ya las alcanzo! - anunció acomodándose el velo mientras se dirigía a donde Tomas. Se paró junto al auto y golpeó la ventanilla del acompañante, al verla el joven bajó el vidrio. - Hola.- Hola tanto tiempo - sonrió Tomas. - Le quería hacer un comentario, una cosita. - ¿Qué paso? - Eh, no - se apoyó contra el coche dejando que la cruz que llevaba al cuello al igual que todas las hermanas asomara dentro del coche-. Le quería agradecer en realidad porque me parece increíble todo lo que está haciendo por nosotras. Muchas gracias. Él negó con la cabeza.- Nada que agradecer, hago lo que corresponde. Y, ya te dije me podes tutear, tranquila - la alentó. - Si, no - sonrió ella -. No me sale. - ¿Te pasa algo más? - preguntó -. Te veo carita de preocupada. - No, estaba pensado un poco en su hermano. - Vacilo-. Esta bueno que se ponga para foto y le dé una mano a la Madre Superiora... Me da que la caretea un poquito - soltó-. No lo quiero ofender, yo sé que es su hermano...- ¿A dónde querés llegar, Esperanza? - inquirió él. Ella desvió la vista avergonzada por su poca facilidad para sacar temas de conversación y su facilidad para meterse en situaciones incomodas, al hacerlo reconoció a un hombre que caminaba por la acera. Lo habría conocido en cualquier parte del mundo: Se trataba de quién la estaba buscando desde que había partido de La Merced. El hombre de cabello oscuro, barba y anteojos de gruesos marcos. Sin pensárselo dos veces, abrió la puerta de acompañante, se metió dentro del coche y se agachó sobre el regazo del Padre para que no pudiera verla. Tomás la observó confundido. - ¡Ey Esperanza! - exclamó él -. ¿Qué haces? ¿Qué paso? Cuando el hombre se hubo alejado ella se irguió.- No, no. Disculpe-. Miró a su alrededor -. ¿Yo no tenía un rosario anudado en la mano? - soltó mientras observaba al hombre. - No sé...- No, lo tenía cuando estaba hablando con usted y ahora no sé dónde lo metí. ¿No lo vio? - Preguntó - Rojo era.- ¿Rojo? - inquirió el joven confundido pero ella no presto atención ya que seguía observando al hombre, cuando este hubo entrado en el edificio, se relajó.- Bueno, no sé evidentemente no lo tenía conmigo. ¿Le puedo hacer otra pregunta? - lo observó. Tomás frunció sus cejas, desentendido. - Si - asintió más confuso que antes- claro. ¿Qué pasa? - ¿Usted ya se va, no? - preguntó apenada.- En unos días, - asintió -. Viajo, sí.- Ah... - observó hacia abajo, cuando levanto la vista sus ojos se encontraron con los de él - ¿Y no se puede quedar? - Esperanza...- Tomas negó con la cabeza. - No, yo sé. Pasa que ¿quién les asegura a las monjitas que va a estar todo bien cuando usted se vaya? - excusó.- Va a estar todo bien. Ya hablé con Máximo y entendió. Confiemos. - Si, confiemos - concordó en un susurró -. ¿No se puede quedar? - insistió.- No puedo, asumí un compromiso- explicó-. Me están esperando, es así.Observó tras de ella donde las hermanas intentaban arrancar la Combi. - Parece que no les arranca la camioneta.- Parece - susurró ella oyendo los infructuosos intentos del motor por arrancar.- A ver - Tomás abrió la puerta - voy a darle una mano.

- ¿Pero que pasa hermana? - peguntó Concepción a Genoveva -. ¿Es la batería o esta ahogado? - Pero escúcheme, soy monja no mecánico - respondió la mujer. - ¿Y si empujamos todas juntas? - propuso Suplicio.- Probemos - Diana se quitó el cinturón y abrió la puerta trasera para que todas bajaran.- ¿Qué paso? - oyeron la voz de Tomas, quien se acercaba con Esperanza tras él.- No arranca, hay que empujar - anunció Clara.- Empujemos - concordó Tomás. - Que bien nos viene un hombre en este momento - observó Dina con mucha razón. Tomas, Esperanza, Diana, Clara y Suplicio se ubicaron tras la camioneta en ese orden. Mientras empujaban Esperanza observó a Tomás, quien suspiró.- No puedo quedarme, Esperanza - retomó la conversación de hoy-. No me puedo quedar.Continuaron empujando hasta que la combi arrancó y todas las hermanas festejaron. - ¡Vamos! - exclamó Genoveva y todas subieron.Esperanza se ubicó tras de todo disimulando su descontento por la conversación con Tomas y volteó a observar por la ventanilla trasera, donde podía ver a Tomás parado tras la Combi. Él la observó y sonrió con sus manos a los costados de su cintura tipo vasija. Llevaba el cabello oscuro alborotado, la camisa azul abierta arriba con el cuello clerical colgando de un lado, el rosario en su cuello, los pantalones negros cayendo de sus caderas sujetos con el cinturón de cuero. Cuando arrancaron, la saludó con mano derecha y volvió a colocarla en su cintura, con sus ojos fijos en Esperanza, quien se alejaba camino al convento.

# Capítulo Dieciocho

----

Capítulo Dieciocho.

La capilla del Convento Santa Rosa era increíble. Amplía, con altos techos, vitraux en todas las ventanas, columnas con las bases color doradas, bancos de madera con bordes del mismo color. En la terraza, sobre la entrada, un gran órgano miraba hacia el altar, el cual era de mármol calado y pulido. Sobre él colgaba una hermosa figura de Jesús en la Cruz. Parada frente al altar, Esperanza dirigía el Coro de monjas. - Yo realmente hermanas no sé qué decirles – habló bajando sus brazos cuando acabaron-. Diana, ¿me podes trabajar un poquito la afinación...? – se interrumpió volteando ante el sonido de la puerta. - ¡Yo le digo que necesito entrar, Madre! - Gritaba un joven a Concepción - ¡Yo le digo que necesito entrar! – Esperanza no necesito verlo para saber de quien se trataba. Cuando él la vio, se detuvo en seco. - ¿Julia? – preguntó y todas las hermanas repitieron el nombre extrañadas -. ¿Qué haces así vestida? Esperanza lo observó durante un momento, su cabello castaño su tez medio morena, la barba de varios días el mismo color de su cabello; y finalmente habló: - No, me parece que estas confundido. Soy la Hermana Esperanza – mintió. - Y a mí me parece que las hermanitas quieren saber quién sos – señaló aproximándose a ella -. Hola petiza, - saludó Miguel, tomando su barbilla y acercándose a besarla.

La mandíbula de Concepción se desencajó de su lugar y las hermanas observaron estupefactas.

-¡No! – grito Esperanza abriendo su ojos. Observó a su alrededor y se relajó al encontrarse con las paredes amarillas de su habitación en el convento. Pero su tranquilidad se vio perturbada por el sonido de su móvil. - ¿Qué pasa? – contestó al ver en la pantalla que se trataba de Pato. - ¡Eh, cortémosla con esa mala onda! – Exclamo su amiga, quien caminaba por la calle con varios bolsos-. A ver si le ponemos un poco más de alegría. ¡Soy tu amiga! – Le recordó- ¿Cómo "Que pasa"? - No perdón – se disculpó -. Estaba durmiendo. - Escuchame colgada, estoy en la Capital. - ¿Qué? - Sí. Me vine para Buenos Aires – informó su mejor amiga- A ver si te despabilas un poco. - Vamos todas a la capilla - escondió el teléfono al ver que Suplicio se dirigía a su puerta -. Estamos por empezar la oración de la mañana – Asomo su cabeza con elegancia. - Ya estoy, ya estoy – bostezó simulando que la habían despertado. - Acá estoy – acerco nuevamente el móvil. - Bueno, escúchame – hablo la rubia -. Me vine exclusivamente del pueblo para verte, así que... - No, - negó ella buscando una excusa – Mmm... - volvió a esconder el móvil ya que Suplicio volvió a entrar. - ¿Qué haces todavía en la cama? - Me esta costando un poquito. - Bueno vamos, el Señor nos espera – Esperanza asintió mientras le colgaba a su amiga y se levantaba de la cama.

Sobre la mesa de los Ortiz había, al igual que siempre, cuatro tazas a juego con sus platitos color verde, una canasta llena de medialunas, tostadas de varios tipos de pan, mermeladas, jugo exprimido, café, té y mate cocido. Mientras desayunaba, Máximo ojeaba el resumen de la tarjeta de crédito. - Ay, mi vida tenés que aflojar un poco – habló a Eva quien miraba el periódico-. Tenés que aflojar un poco, me la haces de goma ¡Dios santo! – exclamó a medida que bajaba la vista por el resumen. - ¿Perdón? – lo observó indignada -. Discúlpame, tené memoria porque vos te ofreciste a poner mi cuenta de Pilates en la Gold – se refirió a la tarjeta de crédito. -

En la Platinum – corrigió -. En la Platinum por que había descuento. A ver... ¿Qué es esto, por ejemplo? Tres mil pesos en ant... ant fresh – Eva le arranco el resumen de las manos- ¿Qué es eso? - ¿Antartic Fresh? – soltó el resumen horrorizada -. No cariño, esto es un espanto. Debe ser un error de la tarjeta. Pasame el número- tomó su móvil. - ¡Es un horror la tarjeta! – exclamo Máximo. - Pasame el numeró que llamo – comenzó a marcar – Antartic Fresh... Ah, ya sé. Fui yo – anunció. - ¿Qué sacaste? ¿Qué es? - exclamó. - ¡No me mires con esa cara! ¡Es el agua mineral que tomas todos los días! Él se revolvió en la silla. - ¿Tres mil pesos en agua compraste? - Mirá como tenés la piel. ¡Es agua de Antártida, amor! ¡No se puede andar tomando agua de la canilla con la contaminación que hay!- exclamó. - Murieron tres personas en la expedición trayéndote a vos exclusivamente el agua ¿no? – preguntó exasperado. - Juana – le habló Eva al verla acercarse – ni se te ocurra agarrar una de las botellas que hay en la heladera. - Si – asintió la mujer – ya arreglamos. Yo me puedo contaminar con el agua de la canilla – se burló con la mejor cara de póker. - ¡No esta tan contaminada tampoco! – exclamó Máximo. - ¿Son light estas? – preguntó Eva tomando una medialuna. - ¡¿Podes atender el teléfono?! – exclamó Máximo ya que el móvil de su novia estaba sonando hace rato -. A esta hora me hiela los tímpanos. - Ya voy – asintió sin soltar la medialuna -. ¿Hola? – Máximo la observó – Sí, soy yo... ¿Otra vez? – exclamó. - ¿Qué pasó? – preguntó su novio. - En un rato estamos ahí – colgó-. Hay gente en la puerta de la empresa – anunció. - ¡¿Cómo que hay gente en la puerta de la empresa?! – chilló Máximo atragantándose con una medialuna. - Yo pregunto – habló Eva - ¿Estos obreros no tienen nada que hacer con el sueldo que les pagamos...? - Bueno, baja la voz que está Tomas, recién llegó y no quiero que se desayune con malas noticias - la interrumpió mientras buscaba una servilleta-. ¡Juana por favor una servilleta! – ordenó sacudiendo sus manos. - Buen día – apareció Tomas con una sonrisa todo vestido negro y con el cuello clerical colgando a un lado de la camisa - ¿Por qué malas noticias? ¿Qué paso? – preguntó tomando asiento. - ¡No hay servilletas! – Gritó Máximo-. ¡Juana por favor! - Tampoco para tanto – lo tranquilizó su hermano. - Señor, - pareció Juana de la cocina con una servilleta y el desayuno de Tomas - están diciendo en la radio que hay piquete en la puerta de... - Ah, no importa, no importa – la calló Máximo levantando una mano. - ¿Cómo piquete? – la observó Tomás. - Piquete en la planta – hablo la mujer mientras le servía el mate cocido a Tomas. - ¡Vaya Juana! – la calló Máximo. - Para, dejala hablar por favor. Deja de gritar. A ver, contame que dicen en la radio – Tomás observó a Juana - ¿Piquete y...?

Esperanza entro corriendo a la capilla con el rosario en su mano. Llegaba tarde. Al verla llegar, todas las hermanas detuvieron la oración. - ¿A vos no te importa nada? – La regañó Genoveva - ¿Llegas a cualquier hora? Esperanza, sentada al lado de Clara, se inclinó hacia el banco de enfrente, en el que estaba la mujer. - Hermana Genoveva, para que nos vayamos conociendo: si hay una cosa que a mí me mata y es que me hablen mucho desde temprano. En un rato charlamos lo que me pasó – se acomodó en su asiento dando por finalizada la conversación. - Y para que nos vayamos conociendo quiero decirte que sos una reverenda maleducada –contraatacó. - Hermanas ¿podemos continuar? – irrumpió Nieves -. Me parece que no es el lugar para discutir. Todas las hermanas continuaron el rezo pero volvieron a detenerse al ver que Esperanza se salteaba una oración del Ave María. - Perdón – se disculpó al ver que todas la miraban, no sabía que había hecho pero supuso que sería algo grave. - Decime una cosa ¿vos no sabes el Ave María? – preguntó Genoveva. - ¿Cómo no lo voy a saber? Estoy un poco dormida – se atajó.

◆B◆l◆q◆◆C◆

# Capítulo Diecinueve

Capítulo Diecinueve.

Bajaban en el ascensor de la empresa Eva, Corina y Tomas.

- ¡Estas totalmente loco, Tomas! – anunció Eva.

- Tranquila – habló él a la joven, quien ahogó un grito al salir y ver la manifestación a través de las puertas de cristal – Está todo bien.

- Mira lo que es esta gente, es peligrosísima.

- Son trabajadores, no son peligrosos – le recordó Tomas.

- Para mí son trabajadores furiosos, te van a linchar, por favor – suplicó tomando el rosario que el joven llevaba alrededor del cuello con sus manos – Por favor te pido.

Tomás tomó sus manos.

- Se cómo actuar - la tranquilizo y observó a Corina – quédense tranquilas.

Anunció y se dirigió a la puerta.

Fuera, cientos de trabajadores se encontraban en la entrada de la empresa con bombos y pancartas, haciendo bullicio y gritando. Era un verdadero desastre y todo un festín para la prensa.

- Por favor cálmense – pidió Tomas, junto a la puerta a varios metros de él, había un guardia de seguridad, el cual Eva había enviado. – Hablemos.

- ¡Que reincorporen a los compañeros despedidos! – gritó un hombre.

- ¡Que las autoridades den la cara! – gritó otro.

- Por favor se los pido- insistió Tomas -. Así no se puede. Estoy acá para que hablemos, que nos entendamos.

- Compañeros, tranquilos – los detuvo un hombre mayor que sostenía un extremo de una pancarta - ¿De qué quiere hablar Padre? Si prácticamente nos están dejando a todos en la calle.

- Las cosas se van a solucionar – aseguró en medio del bullicio-. El cierre de la fábrica es temporario.

- ¡Nosotros no podemos creer eso Padre!- gritó otro hombre - ¡Con todo respeto! Su hermano hace meses que lo único que hace es mentirnos – le informó. Todo el tiempo nos engaña.

- Este es mi compromiso – habló Tomas -. Las cosas se van a solucionar. Se van a arreglar.

- ¿Sabe que pasa Padre? – se oyó un grito desde detrás.

Miguel tenía una bandera y marchaba junto a sus compañeros de trabajo en la puerta de la empresa de los Ortiz. Lo que más deseaba era que todo eso acabara y poder volver a La Merced para encontrar a Julia, de quien no sabía nada hace varios días.

Cuando el Padre Tomas Ortiz, quien había salido en los medios esta mañana junto a su hermano por brindar subsidio a un convento, salió a la puerta, supo que era su momento de intervenir

- ¿Sabe que pasa Padre? – irrumpió acercándose -. Que acá el compañero y todos los muchachos tienen razón. ¡Nosotros estamos cansados de confiar en lo que ustedes nos dicen! – Tomás tragó saliva -. Usted puede ser muy curita y todo lo que quiera pero para nosotros es lo mismo. ¡Usted sigue siendo parte de la patronal! – exclamó y el gentío estalló en gritos de aprobación.

- No, no-. Negó Tomas consiente de que a pesar que era muy difícil de que le creyeran debía intentarlo – si bien soy dueño de la empresa, es verdad, pero hace años que no participo en las decisiones – explicó-. Y mucho menos de estas últimas.

- ¡Entonces haga algo! – Gritó Miguel – porque acá hay muchas familias que se quedaron sin nada.

- Lo acabo de decir – insistió Tomas – Las cosas se van a arreglar. Tienen que confiar en mí, por favor – rogó maldiciendo a su hermano por dentro y lamentando que toda esta gente no lo conociera lo suficiente como para saber que hablaba en serio.

Esperanza revolvía el escritorio de la Madre Superiora buscando su móvil, el cual le había quitado por querer atenderlo dentro de la capilla.

- ¿Qué estas buscado ahí? ¿Qué estás buscando esto?- preguntó Concepción entrando en el despacho.

- ¡Ay, si! – Exclamó observando su móvil – lo necesito – rogó.

-Yo te lo voy a dar, pero me tenés que prometer que te vas a portar mejor.

- Bueno, hago lo que puedo. Me cuesta.

- ¿Por qué te cuesta tanto? – preguntó Concepción tomando asiento.

- Porque sí. Me cuesta levantarme temprano, acostarme temprano – se detuvo -. Especialmente, hay algo que es lo que más me cuesta.

- ¿Qué?

- La pilcha – abrió sus brazos-. ¿Es en serio? Ustedes que hablan del pecado: Esto es un pecado. ¡No puede haber tanta maldad hacia ustedes!

- Si vos supieras lo hermosa que te queda esa ropa...

- Aparte – bajo la voz acercándose- ¿se la pasan rezando? ¿Rezando?

- Si, -asintió -. Esto es un convento. La oración nos acerca al señor.

Esperanza puso sus ojos en blanco.

- Ya le vas a encontrar el placer a la oración, acordate lo que yo te digo.

- Evidentemente, esto no es para mí.

- Esto no es un gimnasio – le recordó Concepción -. No podemos estar todo el día jugando al Paddle. Tenemos que rezar. Y... Sí que es para vos – afirmó-. Decime una cosita... ¿vos sabes por qué estas acá, no?

- Si, lo sé - tomó asiento frente a la Madre – por eso me la vengo bancando.

- Entonces hacé un esfuercito más – la motivo – y mézclate con las hermanitas.

- No sé – sacudió la cabeza -. No sé.

- ¿Vos viniste a pedirme ayuda? – Esperanza asintió -. Yo te la estoy dando. Amor con amor se paga. – Le devolvió el móvil -. Ponelo en vibrador, para que no lo escuchen y no puedan hablar de vos, - sonrió.

≫ Y algo más; Andá a pedirle disculpas a la Hermana Genoveva.

- ¿Es broma? – sonrió Esperanza.

rt<@

# Capítulo Veinte

Capítulo Veinte.

Miguel estaba parado frente al Padre Tomas, ellos junto a tres hombres más se habían apartado del gentío y estaban dialogando tranquilos, o eso intentaba Tomas, ya que los representantes de los trabajadores levantaban la voz con mucha facilidad.

- Lo que pasa, es que la situación es una porquería, Padre. Yo perdí a mi suegra que murió hace un par de meses – anunció recordando a Blanca, la madre de Julia – y para colmo, mi novia desapareció ¿qué me dice de eso?

- Lo lamento mucho – Tomas abrió mucho sus ojos.

- "Lo lamento mucho" – se burló Miguel-. El tema Padre, es que con que usted lo lamente no hacemos nada. Usted puede lamentarlo y rezarle al barba todo lo que quiera, pero acá lo único importante es que lo que está pasando en la fábrica es una vergüenza: La gente se enferma y se muere- Tomás lo observó horrorizado - ¿entiende eso?

- Para, para ¿Cómo que se enferma y se muere? – Preguntó -¿Qué esta pasado?

- ¿Cómo que está pasando? – Se sorprendió el joven-. Que la fábrica de su familia es una vergüenza. Contamina.

- ¿Cómo que contamina? – soltó Tomas.

- Si, lo que está escuchando, Padre ¿no entiende lo que pasa? Los operarios se enferman – exclamó-. Se enferman y mueren ¡y nadie hace nada!

- ¡Tomas dale que esta Máximo...! – Eva tiró del brazo de su cuñado.

- ¡Para Eva que estoy hablando! – la detuvo él.

- ¡No me grites! Es importante – ella abrió mucho sus ojos.

- Pero es importante...

- ¡Ya, vamos! – gritó ella.

Tomas observó a Miguel preocupado.

- Prometo que voy a tratar de arreglarlo – anunció y salió tras Eva.

Miguel lo observó de arriba abajo y no acoto nada, ya que no cambiaría nada poniéndose a gritar en ese momento.

En la concina del convento, Beatriz hablaba con las Hermanas Genoveva y María, sobre lo que había oído conversar a Concepción y Esperanza a través de la puerta del despacho de la Madre Superiora.

- Me parece que tiene ciertas dudas sobre su vocación...

- ¿Qué decía? – volteó Diana a ellas, que estaba ayudándolas a preparar la cena.

- No le gusta estar acá, no le gusta levantarse temprano, no le gusta cómo le sienta el hábito –explicaba Beatriz.

- ¿Esta segura? ¿Escucho bien hermana? – preguntó Diana concentrada en cortar las verduras, frente a ella Genoveva amasaba.

- ¿Por qué no habría yo de escuchar bien? – Bramó Beatriz acercándose a ella – ¿A caso no escucho bien, Genoveva? – gritó.

- Tranquilizate, por favor – la calmó la mujer -. Hizo una pregunta, nada más. Ahora realmente – cambió de tema - estoy cansada, no me interesa nada sobre esa chica. Literalmente – aclaró.

- Bueno – se atajó Beatriz- te estoy haciendo un comentario.

- ¡Me tienen cansada tantos comentarios!

- ¡Yo también estoy cansada...! – se detuvo al ver a Clara entrar en la cocina - ¡Cansada estoy de ir al Mercadito!- Diana la observó.- Me mandan siempre a mí, apenas me dan los brazos para...

- Pero hermana, hay que ir al supermercado, no queda otra.

- Si estas cansada puedo ir yo - se ofreció Clara, quitándose el delantal que llevaba – ya terminé de lavar los baños – remarcó.

Sor Beatriz se cruzó de brazos.

- Si vas a venir acá a opinar lo que tenemos que hacer o lo que no tenemos que hacer ¿Quién...?

- ¡Por favor, hermana Beatriz! – la calló Genoveva -. Sinceramente Dios a usted hoy no la está acompañando. Tómese un calmante.

- ¿Qué pasó? – la mujer la observó desentendida.

- Ella dice que quiere ir al mercadito – resaltó.

- Ay, - suspiró con uno de sus rotundos cambios de humor -. Siempre tan gentil, tan amable. – Sor Carmela le tendió la lista de compras -. Falta detergente – comentó.

- ¡Ay! – Exclamó Esperanza quién había entrado a la concina en busca de un vaso de agua - ¿Vas a ir al supermercado? ¿Querés que te acompañe Clara?

- No, - negó con la cabeza – prefiero ir sola.

Esperanza se ubicó Junto a Diana, quién seguía ocupada con las verduras.

- ¡Qué mañanita tenemos todos hoy! – Se apoyó sobre la mesa y volvió a enderezarse intentando que las palabras salieran de su boca – Genoveva.

- Hermana Genoveva – la corrigió la mujer, sin levantar la vista.

- Hermana Genoveva – soltó exasperada – quería... - comenzó – disculpas por lo de hoy – balbuceó.

Sor Genoveva levantó la cabeza y la observó a través de sus anteojos.

- ¿Perdón?

- Quería pedirle disculpas por lo de hoy.

Soltó una carcajada.

- "Pedir disculpas por lo de hoy" – repitió y volvió a centrar su vista en la masa -. A mí lo único que me importa son las actitudes, querida no las disculpas. ¿Quién te mando? – Inquirió - ¿La Madre Superiora, verdad?

Esperanza bajó la vista, intentando encontrar una respuesta.

- Seguí vos con esto – habló refiriéndose a la masa y se retiró de la cocina.

# Capítulo Veintiuno

Capítulo Veintiuno.

Máximo observaba a su hermano moverse de un lado al otro por su oficina, en momentos así, no odiaba que su hermano haya vuelto, sino que simplemente odiaba tener un hermano y aun peor, un hermano cura.

- ¿Podes dejar de dar vueltas y sentarte así charlamos tranquilos?

- Estoy tranquilo. Estamos charlando tranquilos – anunció Tomás mientras se apoyaba contra la cómoda.

- ¿Tranquilos? – Se burló – Estas todo alterado, diciendo cosas horribles de tu hermano que me causan dolor…- actuó.

- No te victimices – lo interrumpió observando por la ventana – por favor te lo pido, por que no te estoy atacando-. Volvió a mirarlo- Quiero saber por qué no me dijiste nada de lo que pasaba.

- ¿Por qué te voy a decir? Vos estás en otra. Estás por el mundo, pregonando la palabra del señor, lo cual me parece heroico. Heroico de verdad – alagó-. No tiene nada que ver con vos- soltó observando el pasa cuellos y el rosario de Tomás con espanto.

- Si tiene que ver conmigo.

- No tiene nada que ver – le quitó importancia -. Igual relájate, no pasa nada. Ya está el tema en manos de los abogados…

- ¿Cómo me voy a relajar? – Exclamó aproximándose - ¿Me estas cargando Máximo? Por Dios te lo pido. La empresa contamina, hay gente enferma, hay una persona que murió.

- Es todo mentira – le informó -. Es todo mentira. Es una gran falacia sin ningún tipo de asidero ¿entendés? – Se acomodó en su asiento-. La señora esta que murió parece que era alcohólica – mintió.

Tomás puso los ojos en blanco y observó haca otro lado.

- Yo sé que no tiene nada que ver con la empresa – aclaró -. En la empresa está todo bien.

- Me tengo que ir – anunció Tomás observando su reloj. Máximo agradeció al cielo por ello-. Después la seguimos, esto no queda acá.

- No te preocupes, quédate tranquilo.

- Me preocupo – anunció encogiéndose de hombros como si fuera así y otra no quedara -. Me preocupo. Después la seguimos.

- Dale.

Eva abrió la puerta en ese instante y él salió sin prestarle atención.

- Supongo que discutieron… - se aproximó.

- Supones bien – asintió sin quitar la vista de la computadora.

- Amor, - Eva se pasó la mano por la cara nerviosa – todo esto que está pasando no me gusta mucho – se apoyó en la silla delante de él.

- No, a mí tampoco – concordó Máximo.

- Lo vi a tu hermano hablando con un tal Miguel – anunció.

Levantó la vista.

- ¿Con quién?

- Miguel – repitió – parece que es uno de los delegados de la planta, y tiene la lengua bastante floja el chiquito.

Máximo comprendió todo.

- Me parecía demasiado informado mi hermano, ¿sabes?

- Contame cuál es el plan – exigió saber.

- Mirá – soltó pensativo – por lo pronto averiguar bien quién es este chico para ubicarlo como corresponde.

Eva asintió.

- Manos a la obra – aceptó con una sonrisa.

Lola se dirigió al curso con todas las cosas que le había dado Carmela para que llevase: Una escuadra, un compás y un transportador de pizarrón, tizas nuevas, tres mapas grandes para colgar y una caja de rotuladores nuevos, cuando abrió la puerta, la mitad de las cosas acabaron en el suelo.

- Esperá que te ayudo – Fede se puso de pie y acudió en su ayuda.

- Ay, gracias – sonrió ella y se dirigió al escritorio a dejar lo que había quedado en sus manos.

- ¿Qué onda? – Fede le devolvió la sonrisa - ¿Todo bien?

- Todo bien ¿y vos?

- ¿Qué paso que estuviste faltando estos días, estabas enferma? ¿Pasó algo? – inquirió dejando el resto de los mapas sobre el escritorio.

- No – Lola acomodó un mechón de pelo rebelde tras su oreja - tenía unos trámites que hacer…

- Mmm… Chicas, entró una baranda al aula – habló Valentina, una joven de cabello castaño, muy bonita y con mucho dinero, a las dos jóvenes rubias sentadas frente a ella -. Mati, - se dirigió al joven delante de ella - ¿no cerras la puerta que está entrando mal olor del baño? – llamó la atención de todos en el curso, retorciéndose un mechón de su cabello.

Lola acudió a responder, cruzada de brazos y vestida de negro parecía mayor de lo que era. Aun así, a pesar de tener la misma edad que Valentina y ser algo más baja, Lola sabía mucho más de la vida que la joven, quien había tenido todo al alcance de su mano.

- A ver, nenita ¿por qué no te vas un poquito…?

- Para, para – la detuvo Fede tomándola con delicadeza por lo hombros y se acercó a la joven.

- Valen, ¿podes parar? ¿Qué te pasa? – la observó.

- Bueno – Valentina hizo un puchero intentando atraer su atención – es una broma ¿no tenés humor?

- Si, pero no es humor. No me gusta que… - Apuntó con su mano hacia Lola.

- Buen día – irrumpió la profesora ingresando al aula. Se detuvo en el frente - ¿Qué paso? – preguntó extrañada al ver que todo el curso guardaba silencio.

- Nada, - se apresuró a responder Valentina - todo bien.

# Capítulo Veintidós

------

Capítulo veintidós.

Un hermoso chalet de tejas rojas con un jardín delante, de él salieron un hombre, su mujer y su hijo de unos dieciséis años. La mujer acomodó la corbata de su marido y se despidió con un beso. Al verlos, Clara suspiró y recordó cuando los vio salir del registro civil recién casados. Sabía que no debía meterse con su pasado, pero en aquellos momentos algo la obligaba a hacerlo.

El hombre se dirigió a su auto con paso firme y Clara encendió la combi, o eso quiso hacer.

- Arranca – suplicó al ver que la camioneta no encendía. Debía salir de allí lo antes posible.

Observó por el espejo retrovisor y vio que el hombre de ojos azules se acercaba hacía ella.

- ¡Arranca! – suplicó girando la llave por enésima vez y cuando la combi reaccionó pisó el acelerador y se alejó a toda velocidad.

Máximo observaba por la ventana mientras discutía con su abogado. Con aquella camisa rosada y el pantalón negro podría haberse dicho que tenía un buen día, si nos basábamos en su vestuario, pero el vaso de whisky que llevaba en la mano derecha dejaba en claro todo lo contrario.

- ¡Si tenés que coimear a todo el sindicato lo haces pero no llamas hasta que no tengas una solución! – Gritó - ¿Entendiste? ¡Una solución! – colgó y arrojó su móvil sobre el escritorio. La situación lo exasperaba.

- Amor – Eva apareció tras la puerta - ¿Qué haces? – inquirió al verlo tan exaltado.

- Estaba hablando por teléfono.

Ella se aproximó.

- ¿Estabas hablando por teléfono? Mirame a la cara –pidió.

Cuando Máximo la observó tomó su rostro con una mano y le besó los labios. El sabor a whisky llego hasta su boca.

- ¿Eso es hablar por teléfono? ¿Que dijimos de tomar?- exclamó.

- ¡Ay, Eva te lo pido por favor! ¡No es un buen momento! ¡No tengo ganas de pelear!

Ambos tomaron asiento.

- ¡Yo tampoco tengo ganas de pelear, pero no me gusta que tomes!

- ¿No tenemos ganas de pelear, en eso coincidimos?

- Si, - asintió ella – entonces hablemos bien: Tengo buenas noticias – anunció.

Máximo la observó asombrado.

- Ah, ¿no tenés ganas de pelear y además tenés buenas noticias? – Ella sintió tomando sus manos – No lo puedo creer, de verdad. Es un momento increíble. – confesó.

- Hablé con Miguel – comenzó -, el muchachito este y tengo su teléfono – anunció sacando un papelito color rosado – y te combina con la camisa, bombón – le guiñó un ojo con una sonrisa.

- Sigo esperando la buena noticia – le quitó el papel de las manos - ¿Qué pasó? ¿Lo sedujiste para que trabajara para nosotros? ¿Ya hiciste un arreglo?

Eva lo observó ofendida.

- Es un muy buen primer paso: tengo su teléfono y me dijo que va a colaborar, que tiene ganas – mintió.

- Muy bien, llamalo – le devolvió el papel rosado- decile que lo veo esta noche en… ¿Cómo se llama este lugar que queda camino a casa?

- ¿Blue? – ella frunció el ceño.

- Si, Blue. Citalo esta noche.

Eva levanto uno de sus delicados dedos con la una perfectamente cuidada y arreglada.

- ¿Vos pensás ir a ese bar asqueroso y después venir a dormir conmigo? – Inquirió – De ninguna manera – dijo con total seriedad.

# Capítulo Veintitrés

----------------------------------------------

Capítulo Veintitrés.

Jugaba con el anillo entre sus manos mientras esperaba en la capilla a la Madre Superiora, cuando este resbaló entre sus dedos. Observó el suelo preguntándose como lo encontraría. Siempre que se encontraba nervioso o aburrido jugaba con él, había pertenecido a su padre antes de morir, era algo muy preciado, su valor sentimental era inmenso. Caminó detrás de la casilla de confesiones quizá había rodado para allí...

- No sé, te juro que un día la voy a agarrar a esta Valentina y ¿sabes cómo la voy a dejar...?

- ¿Te podes tranquilizar? No vas a hacer nada con eso –oyó una voz familiar acercándose por la capilla: Esperanza.

- Esta bien-. Aceptó de mala gana y Cambió de tema- Me tengo que ir.

- ¿Ya te vas? ¿Por qué? – preguntó Esperanza apenada, era bueno tener alguien con quien charlar.

- Si, por que para entrar a mi barrio muy tarde es peligroso – explicó la joven- ¿te enteraste lo que pasó en mi casa?

- Si, me enteré – soltó reconfortándola.

Tomás vio como Esperanza pasaba un brazo por el hombro de Lola e iba a salir de detrás de la casilla cuando Lola volvió a hablar.

- Si, gracias a Dios lo tenemos al Padre Tomas. Es como un Dios – aquellas palabras llegaron hasta lo más profundo de su pecho, no porque lo compararan con el señor ya que era algo que ni siquiera entraba en sus creencias sino porque su único objetivo era ese: Ayudar. Dejó de observar, ya que no era correcto escuchar conversaciones ajenas.

- Si,- Esperanza observó el suelo.

- Ay, -suspiró Lola.

- ¿Ay qué?

- ¡Ay esa mirada!

- No entiendo que te pasa – la joven se llevó la mano a la cara desentendida.

- ¡Ay, cállate! – Soltó Lola restándole importancia – Si cada vez que te lo nombro te encanta, te volvés loca -. Tomas, desde su lugar tras la casilla, desvió la cabeza y volvió a prestar atención a la conversación.

- ¿Qué me encanta qué? – Inquirió Esperanza - ¿Estás loca? ¿Escuchas lo que estás diciendo?

- Anda Esperanza, que además de novicia sos mujer – le recordó -. Se te nota.

- Nada que ver – negó Esperanza justo cuando Tomás salía de detrás de la casilla.

- Buenas – las saludó y observó como el rostro de Esperanza tomaba el color pálido de la camisa que llevaba puesta bajo el hábito.

- Hola – saludo Lola con una sonrisa.

- ¿Cómo estas Lola?

- Bien – sonrió ella mientras Esperanza se preguntaba cuanto de su conversación había oído-. Bueno, me voy que tengo que ir a... - anunció largándose de allí.

A todo esto Esperanza, quien había mantenido la mirada fija en el suelo levantó la cabeza.

- ¿Qué hacía...? ¿Hace cuánto tiempo estaba ahí? – la oración fue perdiendo intensidad a medida que hablaba y las últimas dos palabras salieron como un murmullo de su boca.

- Recién, recién – respondió -. Estaba buscando mi anillo que se me calló por acá – observó el suelo recordándolo.

- A ver, lo ayudo – Esperanza observó hacia abajo cómo solía hacer de pequeña cuando su madre dejaba caer los anillos que se sacaba al lavar la vajilla luego de la cena –. Ahí brilla algo – señaló a un pequeño destello plateado que había en el suelo y cuando ambos se agacharon en su búsqueda sus cabezas se chocaron.

- ¡Uy! – exclamó ella.

- ¿Estas bien? – preguntó Tomás con una sonrisa.

- Si, si – respondió observando aquellos bellos ojos celestes - ¿es este, no? – preguntó observando el anillo de plata que tenía entre sus dedos.

- Si, es ese.

- Deme – pidió acercándose a tomar su mano por pura costumbre a hacerlo con su madre hasta que se percató del error que estaba cometiendo -. Ay, perdone se lo pone usted – vaciló avergonzada por lo que había dicho.

- Si, - asintió él – me lo pongo yo, gracias-. Observó el anillo y luego volvió a mirarla - Menos mal que lo encontraste.

- Es lindo – anunció sin quitar sus ojos de los de Tomas. Aun desde allí debajo, con ambos en cuclillas, seguía siendo varios centímetros más baja.

- Si, es lindo – concordó.

- Bueno, - habló Esperanza y ambos se pusieron de pie justo cuando Concepción entraba corriendo a la capilla.

- Perdón, perdón Padre por la demora, estaba hablando por teléfono.

- No se preocupe, disculpe usted la molestia– sonrió él poniéndose el anillo en el dedo anular – pero vengo a hablarle algo importante.

- Si, lo escucho, dígame.

- Perdón – habló Esperanza quien seguía allí parada – los dejo – anunció -. Me voy a ayudar a Lola, permiso.

- Esperanza, - habló Concepción cuando ella emprendió camino – esperame en la cocina que quiero decirte algo – la joven asintió -. Si, Padre – Concepción retomó su conversación.

- Le quería contar que hablé con el Obispo Marcucci – Concepción abrió mucho sus ojos – y le pedí especialmente que tengan en cuenta el convento para la designación del nuevo cura párroco –anunció y desvió su vista hacía la parte delantera de la capilla por dónde Esperanza se alejaba.

Antes de continuar, la joven observó hacia atrás pero antes de que sus miradas se encontraran Tomás volvió a centrar sus ojos en la Madre Superiora.

- ¿Yo le puedo pedir algo a usted? – Suplicó - Si puede reconsiderar la posibilidad de quedarse acá con nosotras sería tan lindo…

Él volvió a observar para delante, dónde Esperanza continuaba parada observando hacia ellos, cuando sus mirada se encontraron continuó su camino.

- No, no puedo Madre.

- ¿Pero, por que no puede? – preguntó.

- Simplemente por eso: No puedo – frunció sus labios tan apenado como ella.

Esperanza salió de la capilla y en el patio del convento, se detuvo frente a la estatua de la virgen, no supo qué era pero algo de ella le atrajo.

«Necesito que me digas si me quiere – rogó e hizo la señal de la cruz-. Ay virgencita, yo sé que no te presto mucha atención, también sé que sos divina y que escuchas –pensó mientras apoyaba sus manos sobre la base de mármol sobre la que estaba de pie la virgen -, además, sos con la única que lo puedo hablar acá – confesó -. Me está pasando algo con Tomás – explicó – con el Padre Tomás. Ese es el problema: Padre Tomas.

Yo sé que no está bien, no te horrorices – rogó – sé que es imposible, pero...»

Se detuvo ya que oyó voces acercándose al patio, cuando fue a observar, Clara marchaba a paso firme camino a su cuarto.

- ¿Qué pasa? ¿Estás bien? – preguntó intentando ayudar.

- ¡Si, que la combi se para y no pude llegar al mercadito! – exclamó sobre excitada por lo que le había ocurrido.

- Bueno tranquila, te acompaño al mercadito.

- ¡No te dije que no me acompañes a ningún lado! ¡Además tengo que hacer todo yo, que lo haga otra! – exclamó continuando su camino.

- A vos te pasa otra cosa – Clara se detuvo en seco.

- ¿Qué?

- Que te pasa otra cosa, Clara estas temblando.

Observó el suelo.

- Que me encontré con alguien que hace mucho tiempo que no veía y...

- Te movió toda la estantería- finalizó Esperanza comprendiendo.

- ¿Acá estas? ¿Dónde estabas? ¿Y las compras? – apareció Beatriz con su flequillo color caramelo recién cortado.

- ¿Por qué tengo que responderte tantas preguntas? ¡Ya me pones de mal humor! – exclamó Clara volteado y alejándose sin dar ninguna explicación.

Beatriz la observó a alejarse y masculló por lo bajo palabras que Esperanza no llegó a comprender.

- ¿Beatriz te ayudo en la cocina? – inquirió y la hermana no respondió -. ¡Beatriz!

- ¿Qué pasa? – volteó ofendida porque la joven le había gritado.

- Te estaba hablando ¿escuchaste lo que te dije?

- Si, pero hablas muy bajito y estoy prestando atención allá – excuso alejándose.

Esperanza se encogió de hombros mientras la observaba marcharse. Ella se había ofrecido.

- Esperanza – una voz la despojó de sus pensamientos - ¿Todo bien? – Preguntó Tomas señalando el lugar por el que Clara se había alejado – Porque la escuche gritar... ¿estaba llorando?

- Un poquito – ella frunció sus labios -, porque usted se va. Eso nos tiene muy mal a todas.

El Padre ladeó la cabeza.

- ¿Qué? De verdad, no me mire así – se aproximó a él - ¿se tiene que ir? ¿No hay vuelta atrás, de verdad? – rogó.

- No puedo – sonrió apenado-. Me encantaría pero no puedo – el juguete- aba con el anillo entre sus dedos.

- Bueno, - asintió apenada.

- Muy bien, gracias por todo – revoleó su mano y el anillo salió volando de entre sus dedos. Esperanza automáticamente se agachó a recogerlo.

- Por el anillo – agradeció.

- De nada – él sonrió.

- No estamos viendo, en algún momento. Que estés bien.

- Chau – masculló mientras Tomás se alejaba.

# Capítulo Veinticuatro

## Capítulo veinticuatro

Esperanza caminaba de un extremo del convento al otro. Su mejor amiga la había llamado por sexta vez exigiéndole que se juntaran que había ido hasta Buenos aires para verla y ella lo único que hacía era evitarla.

- ¿Qué estás en una cárcel que tenés que escapar para salir?

- No.

- Bueno, entonces no tenés ganas de verme – sentenció su amiga.

- No seas boba, me tengo que organizar – tomó de su mesa de luz un birome – dale, dame la dirección. Dale, yo te llamo.

Colgó el móvil y de un tirón se sacó la cofia de la cabeza, justo cuando Diana ingresaba con un montón de sabanas limpias.

- ¡No!- exclamó al verla sin el velo - ¡A esta hora no! Ponente eso – pidió.

- Ya voy – Esperanza enterró la cabeza entre sus manos.

- ¿Estas bien? – se aproximó la joven.

- No, tengo ganas de ver a mi amiga del pueblo.

- ¿A qué amiga? – inquirió Diana intentando ayudar.

- Nada, no importa – respondió Esperanza cuando una idea la atravesó como un flechazo-. Me tenés que ayudar, - rogó -. Esta noche, cuando pregunten por mí, les decís que estoy enferma.

- ¿Por qué? ¿Qué tenés, fiebre? – Diana acercó su mano a la frente de la joven.

- No, yo estoy bien. Vos tenés que decir eso.

El rostro de Diana se contrajo.

- ¿Debería mentir? – Asintió - No, yo no puedo. No retengo.

- ¿Qué no retenes? – Inquirió - ¿ideas, nombres de calles, que?

- No, cuando tengo que mentir… - vaciló -. Me pongo nerviosa… Me meo.

Esperanza abrió mucho los ojos.

- Cuando tenés que mentir, te haces pis- Diana asintió -. No, es normal le pasa a muchísima gente – mintió.

- ¿A vos te pasa?

- No – respondió -, desde ya que no.

Esperanza paseaba la comida de un lado del plato al otro, de derecha a izquierda, de derecha izquierda.

- ¿Qué pasa que no comiste nada? – La observó Suplicio - ¿No te gusto? Te preparo otra cosa.

- No, no – negó – pasa que no me siento muy bien.

Diana, sentada frente a ellas se puso de pie, nerviosa.

- Me tengo que ir.

- Si yo también- aprovechó Esperanza para zafar de la situación, y con ello de ir a la capilla.

Mientras todas las hermanas rezaban juntas el rosario en la capilla, esperanza juntaba la ropa que se pondría para encontrarse con Pato y la guardaba en su bolso, tendría que salir de allí sin que lo notaran.

Abrió la puerta de su habitación y con cuidado de no ser descubierta, se dirigió hasta la puerta, la cual estaba cerrada. Miró a su alrededor, tendría que encontrar la llave.

- ¿Qué estás haciendo? – la voz de Clara la hizo soltar todas la llaves que tenía en la mano. Estaba en la cocina, buscando en donde se colgaban las llaves, la de la puerta principal.

Intentó inventar mil excusas pero al final se decidió por la verdad, después de todo, se trataba de Clara.

- Tengo que salir – confesó mostrando las llaves que tenía en mano.

- ¿Qué? – Exclamó la mujer - ¿A dónde?

- Es un segundo, voy y vuelvo – rogó.

- No. No se puede salir a esta hora ¿no te sentías mal?

En ese momento, se encendió la luz de la cocina, se trataba de la hermana Beatriz, quien al haber visto salir a Clara de la capilla había ido tras ella.

- ¿Interrumpo una reunión secreta? – inquirió al encontrarlas a amabas allí.

- No – respondió Clara – Ella se sentía mal y vine a prepararle un digestivo.

Se dirigió a la heladera para zafar de la situación.

- ¿Y no tendrías que estar acostada si te sentís mal? - la observó Beatriz.

- Tenés razón – concordó Esperanza, - voy para allá.

- Esperá – la detuvo Beatriz – el digestivo.

- Ya me estoy sintiendo mejor…

- Por tu salud – la mujer le guiñó un ojo.

Esperanza aceptó el vaso y se lo bajo sin respirar, sabia amargo, ácido y viscoso, resultaba repugnante.

En cuanto ambas mujeres se retiraron una arcada subió por su garganta, al menos ahora podría salir de allí.

- Vos a la cama – ordenó Clara retirándose.

Esperanza asintió tomando aire por la boca el sabor de aquel digestivo era terrible, en cuanto Clara se hubo alejado la joven tomó las llaves, su bolso y corrió hacia la puerta. Salir de un convento resultaba más difícil que ratearse a clases.

En medio de un bar, vestido con un saco negro y la camisa rosada Máximo hablaba por teléfono a través de la música. Menudo lugar para una reunión.

- ¿Le pasaste bien la dirección? – preguntó a su novia.

- Si, será cuestión de tener paciencia – respondió Eva quien estaba sentada en la mesa de su casa cenando con Tomás sentado a su lado.

- ¿Y mi hermano? ¿Por qué no cena con nosotros? – inquirió.

- Reunión de negocios – sonrió.

- ¿Por qué no fuiste?

Ella se encogió de hombros.

- ¿Qué voy a hacer yo allí? – preguntó mientras se llevaba la copa de vino a los labios y como consecuencia se chorreaba la camisa a la altura de sus pechos -. Ay, que torpe. Me manche toda – exclamó abriéndose uno de los botones de su camisa.

- Tomá – Tomas le tendió una servilleta de tela para que se limpiase.

- Acá mira– ella se acercó para que él la limpiara.

- Tomá – insistió poniéndose de pie – voy a buscar algo para que te limpies.

- No Tomi, no te hagas problema – ella intentó detenerlo –. La tiro la camisa, tengo miles. No pasa nada.

Él ignoro aquel comentario e ingresó a la cocina, donde le pidió a Juana que se encargara ella y se fue directo a la cama, no es que le desagradara la compañía de Eva, si no que la joven tenía actitudes que no eran propias de una cuñada y más con él que era cura.

- ¿Dónde está la mancha? – Juana se acercó con un trapo y un quita mancha.

- ¿Y mi cuñado? – la observó ofendida.

- Estaba muy cansado y se fue a acostar – respondió la mujer con el carisma que siempre demostraba hacia ella.

# Capítulo Veinticinco

Capítulo veinticinco.

Todas las miradas se fijaron en ella cuando ingresó en el bar en el que Pato la había citado, vestida de monja, por suerte la joven aún no había llegado así que Esperanza pasó al baño y se cambió tan rápido como pudo: Una musculosa blanca corta y una pollera tiro alto floreada dejando la vista un pedacito de su abdomen, así vestida y con el cabello suelto, nadie habría creído que hace algunos minutos llevaba un hábito puesto.

Salió del baño y Pato la envolvió en un abrazo, juntas saltaron de alegría.

La rubia se sentó frente a ella y le hizo una pregunta tras otra.

- Pato, ¿podes dejar de hacerme preguntas? – preguntó observándola, llevaba puesta una remera con brillos negra dejando al descubierto su brazo derecho todo tatuado, le sentaba fantástico.

- ¡Es que es todo muy raro! ¿Por qué no podes salir cuando querés? ¿Estás en una cárcel?

- Algo así – reconoció Esperanza jugando con su vaso de cerveza.

- ¿Qué? – exclamó.

- Es un chiste – rió -. Estoy en lo de una tía, que está muy enferma y la estoy cuidando – mintió.

- ¿Cómo? ¿No era que tu mamá era hija única? – inquirió la joven.

- Es una amiga de mamá.

- Bueno, ¿Por qué tanto misterio? ¡Desapareciste del pueblo! Miguel está desesperado buscándote.

- ¡No! – Exclamó - ¿le dijiste que estoy acá?

- Te dije que no.

- A nadie – rogó.

- De acuerdo ¿vas a explicarme que está pasando? – insistió consiente de que su amiga estaba metiéndole.

- Si, pero esta noche no, por favor.

La joven asintió.

- ¿Qué hacemos? Esto es un embole – Esperanza observó a su amiga la cual esbozo una sonrisa: Pato tenía una idea.

Bailaban una junto a la otra al ritmo de la música electrónica que sonaba en el lugar, cada una con una botella de cerveza en la mano. ¡Cuánto había extrañado a su mejor amiga!

- ¡Buenas noches! – Exclamo un joven de cabello castaño parado sobre un escenario mientras la música descendía en volumen - ¡Bienvenidos! ¿Cómo están?

- ¡Bien! – respondió todo el gentío a coro.

- ¡Así me gusta! – Continuó el joven - ¡Hoy tenemos una noche...! ¿Qué les parece si arrancamos con el karaoke? ¿Quién es el primer o la primer valiente en subir a este escenario?

Miles de manos se alzaron a la vez.

- ¡Julia, Julia! ¡Mi amiga! – Gritó Pato - ¡No sabes la voz que tiene!

Esperanza a su lado le tapó la boca con una mano.

- ¡Ahí está la señorita! – la señalo al joven al observarla -. ¡Venga al escenario! ¡Fuerte el aplauso!

Ella camino hacia el escenario ya que no le quedaba otra.

Un hombre se seguridad la ayudó a subir y ella se paró junto al joven.

- Bienvenida preciosa – la saludó alagándola- ¿cómo te llamas?

- Julia.

- Julia, - repitió él - ¿Estas preparada? – le tendió el micrófono.

Esperanza dio un trago a su botella y asintió.

En el piso por debajo de ellas, Máximo seguía esperando a Miguel quien aún no se había presentado a su reunión.

Ordenó un vaso de Whisky y escuchó como la música se detenía y una dulce voz captó su atención, por lo cual fue arriba a ver de qué se trataba. Al llegar se encontró con una joven hermosa de cabello castaño cantando sobre el escenario, su voz sonaba como un ángel y además era muy bonita.

Luego de escuchar una estrofa, levantó su celular y mientras disfrutaba de su vaso de Whisky la grabo cantando.

En el momento en que Julia bajaba del escenario, Miguel ingresó al bar. Menudo lugar había escogido su jefe para una reunión, al acercarse a la barra en busca de Máximo, se cruzó con Pato, quien se alejaba con dos vasos de cerveza.

- ¿Pato, que haces acá? – la observó sorprendido.

- Vine a hacer unos trámites,- mintió- no sabía que estabas en Buenos Aires.

- Vine a encontrarme con alguien de la empresa por el cierre de la planta. ¿Tramites? – inquirió ya que no le había creído.

- Si, para la facultad – volvió a mentir – a ver si arranco el año que viene.

- Ah, - asintió Miguel -. ¿De Julia qué sabes?

- No – negó con la cabeza – de Julia olvídate – le dio ambos vasos de cerveza antes de que él pudiera evitarlo y se alejó como una flecha.

Julia bajaba del escenario luego de negarse a darle su número telefónico al joven que le había preguntado su nombre sobre el escenario, en ese momento le habría gustado llevar su traje de novicia puesto.

- Disculpame, quería decirte que me encantó como cantaste. Tenés una voz divina – una voz la detuvo y se quedó petrificada al encontrarse con Máximo Ortiz, el hermano de Tomás.

Dejó caer el pelo sobre su rostro para que no la recociera y le agradeció intentando alejarse.

- Pará – la detuvo – déjame que te invite una copa, estaba esperando a alguien pero no vino – explicó.

- No – negó ella fingiendo un bostezo, - tengo a mi amiga esperando.

- Escuchame, sé que te lo deben decir todo el tiempo, pero además de tener una voz divina, sos divina – alagó.

Esperanza dejó de prestar atención ya que divisó a!Miguel en la barra del bar y de allí salió disparada sin dar explicaciones.

Máximo observó a Miguel y se aproximó a la barra, pidió un vaso de Whisky y lo observó.

- Vamos al punto que ya me hiciste perder bastante tiempo.

- ¿Vamos a arrancar así?- inquirió.

Máximo lo ignoró.

- Lo que yo necesito es que vos y tus compañeros se vuelva a La Merced mañana – explicó.

- Y yo necesito que entiendas, que la fábrica está cerrada y estamos todos sin trabajo – contraatacó.

- Va a estar cerrada poco tiempo – le restó importancia -. Un par de semanas como mucho – informó ya que le agradaba menos que a él que la planta estuviere parada y estuvieran perdiendo dinero.

- ¿Sabe qué pasa? Con las promesas no comemos, jefe – admitió.

Él observó su vaso.

- ¿Cuánto?

- ¿Cuánto qué?

- ¿Cuánto querés para convencer a tus compañeros de que se vuelvan a su pueblo?

Miguel rió.

- No quiero tu dinero. Quiero que solucionen las cosas, ya se murió mi suegra. Tu hermano dijo que iba a solucionarlo.

Máximo Rió.

- ¿Mi hermano? ¡Mi hermano es cura, no tiene ni idea! – Le recordó - ¿por qué no consideras mi oferta?

- A mí no me compras así nomás ¿te pensás que estoy a la venta? – respondió y se largó de allí sin oír una respuesta.

Máximo dio otro sorbo a su vaso.

- Si – habló para sí mismo – como todo el mundo.

Tomás se preparaba un té en la cocina, cuando Eva en camisón se unió a él y se sentó sobre la mesada.

- Buenas, ¿insomnio? – preguntó.

- Estaba leyendo y me desvelé – él apoyó sus manos sobre la cintura, tipo vasija.

- A mí me pasó algo parecido, pienso demasiado – reconoció – esto de dormir sola no es lo mío.

- ¿Un te? – la observó.

- De tilo, por favor.

Tomás asintió.

- Para esos casos – aconsejó él – lo mejor es relajarse, no pensar tanto. Enfocar en otra cosa. A mí me sirve mucho rezar – reconoció.

- Mmm... A mí no – soltó ella – Me sirve más el Té de tilo.

Él Rió, conocía la escasa relación que existía entre Eva y la plegaria y podía decirse que era más modesta que religiosa.

- ¿Y mi hermano?

- No volvió todavía – respondió observando el suelo-. ¿Te puedo hacer una pregunta?

Tragó saliva y asintió.

- ¿Cómo hacen ustedes los curas para olvidarse absolutamente de todo? – preguntó aun sentada sobre la mesada de mármol. Tomás la observó confuso-. Cuando tienen una vida, un pasado – explicó – como vos. ¿Cómo hacen por ejemplo, para olvidarse del amor?

- No – respondió él – es un cambio. Hay que dejar todo atrás. A mí no me fue difícil – reconoció.

- ¿Ah, no?- Lo observó Eva.

Se oyó el ruido de la puerta y Tomás agradeció al cielo.

- Llegó Máximo – al oírlo, Eva se bajó de la mesada.

- Hola mi amor – se acercó a besarlo.

- Me pareció escuchar voces – reconoció observándolos a ambos, deteniéndose en el vestuario de Eva.

- Estábamos por tomar un te – explicó Tomás mientras acababa y oía a Máximo hablar de su reunión. Cuando acabó volvió a poner la pava en su lugar y tomó su taza -. Bueno, yo los dejo. Me voy a descansar, que duerman bien – observó a Eva -. Acá te dejo el té.

- Gracias Tomi.

- Chau – lo despidió su hermano.

- Hasta mañana.

Máximo se sirvió un vaso de Whisky y observó a su novia. Llevaba puesto un camisón de seda y puntilla muy corto y muy escotado, dejando sus bellas piernas a la vista.

Ella lo observó.

- ¿Qué ocurre? – inquirió.

- A mí no me gusta nada que estés así delante de mi hermano – apuntó con una mano al vestuario que la joven llevaba puesto.

- Y a mí no me gusta nada que tomes Whisky – contraatacó.

- ¿Qué tiene que ver? – escupió Máximo irritado.

- ¿Además, qué tengo? – se observó desentendida.

- ¡Nada, justamente! – se quejó su novio -. ¡Nada! Mi hermano será cura, pero sigue siendo hombre – le recordó.

- ¡Ay, te pones celoso mi amor! – se acercó a besarlo con una sonrisa.

- No me causa gracia.

- No pasa nada, - se alejó—Ahora, contarme como te fue con este chico - evadió el tema.

# Capítulo Veintiséis

Capítulo veintiséis.

Esperanza entró al convento saltando por la pared del patio, al llegar abajo se quedó pálida al encontrarse con una monja parada frente a ella.

- Aaa – ahogó un grito- Ay, hermana Clara – susurró al reconocerla – casi me da infarto.

- ¡A mi casi me da un infarto! ¿Qué es esta locura de escaparte en medio de la noche? – la reprendió.

- Sabía que si pedía permiso no me iban a dejar – explicó.

- ¡Por supuesto que no! Sos una novicia, esto es un convento, hay horarios y reglamentos. No es un hotel.

- Bueno, ¿qué vas a hacer? ¿Le vas a contar todo a la Madre Superiora? – la desafió.

La mujer suspiró.

- Esta vez no, pero prométeme que no lo vas a hacer más –pidió.

- Te lo prometo.

- Anda a acostarte – ordenó.

Esperanza asintió, estampó un beso en la mejilla de la mujer y se dirigió al cuarto tan rápido como pudo, dejando a Clara muy sorprendida.

Ni bien el sol hubo asomado en el horizonte se levantó de su cama, había mucho que hacer. Se vistió, una remera blanca y unos pantalones cómodos irían bien, y Desayunó, al igual que siempre, Mate cocido con leche, galletitas de agua y una fruta. Una hora más tarde estaba sobre su auto camino al barrio "Amanecer".

- Padre ¿podemos aflojar un poco? – pidió un hombre mientras le arrojaba más ladrillos desde el suelo. Se acercaba el mediodía y Tomás no se había detenido un segundo.

- Esta gente no tiene donde dormir esta noche – le recordó él mientras continuaba pasando ladrillos al hombre que se los recibía.

- Ya sé, pero estamos cansados, desde el amanecer que estamos trabajando.

- Yo también estoy cansado concordó Tomas, todos estamos aquí desde temprano.

-Escuchame una cosa – Miguel hablaba por su móvil mientras observaba un barrio carenciado – ¿estás segura que en la dirección que me pasaste es donde encuentro al curita este? – inquirió ya que no creía que uno de los dueños de la empresa Ortiz se encontrara allí dentro.

- ¿No te convendría hablar con Máximo? – preguntó el hombre al otro lado de la línea.

- No, - negó automáticamente – con Máximo ya hablé. Solo quiero saber si es acá.

- Si es ahí – respondió - Tiene que estar allí.

- Muy bien – asintió y colgó y observo a una mujer rubia que salía de aquel barrio -. Disculpame, ¿sabes dónde encuentro al padre Tomas?

- Si – respondió la mujer – seguí derecho al fondo y doblá a la izquierda. Está trabajando con los vecinos, seguro.

- Muchas gracias – asintió Miguel e hizo caso, preguntándose que diablos hacía el mismo Tomás Ortiz trabajando con los vecinos en un barrio carenciado. Evidentemente, el joven no se parecía en nada a su hermano.

Lola, Esperanza y Nieves llevaban al barrio de Lola cada una un cesto de ropa para donar de la fundación del convento.

- Muchas gracias por todo hermanas – agradeció la joven.

- No es nada, Lola, ¿Tu mamá no apareció todavía? –peguntó Nieves observando a su alrededor.

- No – negó la joven con la cabeza. Su madre había desaparecido hace varios días y aun no sabía nada de ella.

- Ya se va a solucionar todo – la motivo Nieves.

- Si –asintió la joven desganada -. ¿No me extrañan en el convento? – cambió de tema -. Hay tanto que hacer acá – habló refiriéndose a su barrio -, tanto trabajo.

- Obvio que te extrañamos –sonrió Esperanza- pero vos no te preocupes, nosotras nos encargamos de todo.

- De verdad les agradezco, - admitió Lola – de no ser por ustedes y el Padre Tomás no sé qué habría hecho.

Esperanza la observó.

- Ah, ¿ésta el Padre Tomás acá?

- Sí, vino re temprano, un genio. Esta allá con los muchachos – señaló Lola hacia donde el Padre se encontraba trabajando.

Nieves, a quien ya le pesaban las bolsas, cambió de tema.

- Esto ¿Qué hacemos? – inquirió.

- Por acá, seguime – le indicó Lola.

Antes de entrar tras ellas, Esperanza se detuvo un segundo avanzó unos pasos y fijó la vista en la dirección que le había marcado Lola. Allí pudo ver a Tomas vestido con un jean y una remera blanca que marcaba todos sus músculos, subido sobre un andamio ayudando con la contrucción. Volteó antes de que él pudiera verla, ya que Nieves y Lola debían estar preguntándose por ella, pero antes de pudiera alejarse demasiado, la madera sobre la que estaba inclinado Tomas cedió y el calló desde aquel primer piso.

Esperanza volteó instantáneamente al oír el grito.

- ¡Tomas! – gritó soltando el cesto de ropa al ver que quien había caído era él y corrió en su dirección.

En ese momento, Miguel entraba en el barrio al cual también llegaba una ambulancia.

- Estoy buscando al padre Tomas – preguntó a un hombre.

- No va a poder verlo – respondió el hombre – tuvo un accidente.

- ¿Cómo un accidente? – exclamó Miguel quien corrió tras el hombre.

Con el hábito y todo, atravesó el sendero a toda velocidad y salto las madera que marcaban la zona en construcción, hasta la montaña de arena sobre la que Tomas había caído.

- ¡Tomas! – exclamó poniendo sus manos sobre el pecho del Padre quien estaba inconsciente -. ¡Tomas! ¿Me escuchas? – insistió llevando las manos al rostro de él - ¡Tomas, abrí los ojos! – rogó desesperada.

# Capítulo veintisiete

Capítulo veintisiete.

-¡Tomás! – la desesperación iba apoderándose de Esperanza, quien observaba el golpe que el joven se había dado en la cabeza al caer preocupadísima. Un médico acercó su mano al cuello del Pade y le tomó el pulso, cuando el hombre se apartó Esperanza pudo ver entre la gente que se había juntado por el disturbio a Miguel y agachó la cabeza.

Observó como los médicos levantaban a Tomas del montón de arena sobre el que había caído y cubriendo su rostro con el hábito se subió a la ambulancia tras él.

- Si sabes que hiciste mal, ¿para que lo hiciste Clara? – le preguntó Concepción a la hermana luego de que esta le contase lo ocurrido el otro día.

- No lo sé, Madre por suerte no me reconoció. Con la llegada de Esperanza siento que se me vino el pasado encima – soltó sinceramente mientras caminaban por el patio del convento.

- No hay que remover ese pasado. Ese hombre, tiene otra vida, otra familia.

- Lo sé, Madre perdóneme.

En el pulcro interior de la ambulancia, Esperanza iba sentada junto a la camilla de Tomás con una mano sobre el hombro de él mientras un médico lo revisaba.

- ¿Se va a poner bien?

- Los signos vitales responden – asintió el hombre.

- Hola – atendió el móvil instantáneamente.

- ¿Dónde te metiste? – la regaño Clara -. No puede ser que te mandemos a hacer una diligencia y desaparezcas.

- Tomás tuvo un accidente – informó.

- ¿Qué Tomás? – preguntó Clara y Esperanza entendió su error -. ¿El padre Tomas?

Puso los ojos en blanco.

- Si, el Padre Tomas.

- ¿Cómo está? – inquirió la mujer.

- Inconciente. Estoy en la ambulancia camino al hospital.

- Informame cuando tengas noticias – pidió la mujer – informaré a la Madre Superiora.

- Ustedes recen – rogó Esperanza -. Recen mucho- y colgó.

- Padre – susurró a Tomas - ¿Me escucha? – rogó.

Entonces él comenzó a abrir los ojos, desorientado.

- Que palo me pegué – murmurro.

-¡Se despertó! – chilló Esperanza con una sonrisa, la alegría de la joven era incontenible.

- Hermana, por favor cálmese un poco – le pidió el médico.

- Trate de no hablar padre, ¿si?

- ¡Chofer! – gritó la joven exasperada -¡Puede apurar que se acaba de despertar! ¡A ver si se desmaya otra vez!

- Tranquila, ya llegamos – la motivó el médico.

- Padre, - se acercó a él – llegamos en seguida. Quédese quietito no sabemos si se rompió un hueso o algo – ordenó observádolo.

Tomás, quién la observaba desde su camilla no pudo evitar sonreir.

- Si – asintió -. Gracias Esperanza, me siento bien – la tranquilizó – me duele un poco el cuerpo, y los oídos básicamente, por tus gritos – frunció los labios y sonrió.

En un de los bares más caros de Buenos Aires, Máximo esta reunido con su abogado, tomando una copa de Whisky.

- Pero no puede ser que no aparezca, en una piba. Tiene que estar en algún lado - observó a Pereyra, la situación de la tal Julia lo tenía con los nervios de punta.

- Desprecupate, ya la voy a encontrar – habló el hombre siviéndose una copa cuando el móvil de Máximo vibró: Eva.

- ¿Qué pasa? Avisé que estaba reunido.

- Llamaron del convento, tu hermamo tuvo un acccidente.

- ¿Cómo un acccidente? – inquirió.

- No sé, - respondió la joven saliendo la oficina con un saco en su mano – se calló de un techo. Estaba arreglando una casa en ese barrio espantoso que va – informó dirigiéndose al asensor.

- Ah, no. Pero este pibe no puede ser mas… - se detuvo ya que Pereyra lo observo -. ¿Se lastimó? – fingió interés.

- ¡Qué se yo! – exclamó Eva llamando el asensor desesperada -. Estoy yendo para ahí.

Las puertas se abrieron y ella entro.

- ¿Te veo ahí, no?

- Si, - asintió Máximo – Chau. Me tengo que ir – observó a Pereyra y luego miro su copa medio llena -. Cuando termine esto.

Pedro oía a su padre regañarlo mientras enterraba sus dedos en su cabello rubio fastidiado. Lo habían expulsado nuevamente del colegio ¿y qué? No había sido culpa suya, al igual que las ultimas veces…

- ¡Pedro! – su padre lo sacudió por el hombro y sus ojos se encontraros - ¡Te estoy hablando! Mirame cuando te hablo.

- ¿Qué pasa? – soltó.

- Que te echaron del colegio, eso pasa. ¿No tenes nada para decirme? – lo observó a traves de los oscuros lentes de sol.

- No. ¿Qué te voy a decir? Me echaron, mejor. Era un bodrio ese colegio – se encogió de hombros.

- Ahora la culpa es del colegio, - lo gritó su padre acercándose a la puerta del coche – tu única responsabilidad era terminar las clases.

- Abrime el auto – irrumpió.

Su padre lo fusilo con la mirada.

- Calmate, calmate. Lo rindo libre y se terminó el problema – sentenció.

- ¿Qué? – lo observó incrédulo -. Ya te consegui un colegio – informó.

El joven puso los ojos en blanco. Otro colegio.

- Pedro, anda a casa – ordenó -. Tengo que hacer un trabajo en el hospital, voy a buscarte a casa y dde ahí vamos para el colegio.

- Bueno – asintió el joven e intentó abrir la puerta del coche. Observó a su padre – Abrime el auto – pidió.

- Pedro – su padre lo observó inmutable.

- ¿Ah, tengo que ir caminando?